光文社文庫

夜鳴きめし屋

新装版

宇江佐真理

光　文　社

目次

夜鳴きめし屋

夜鳴きめし屋

一

本所の五間堀に面した北森下町に「鳳来堂」という居酒見世がある。居酒見世と言っても、この見世は酒よりも肴とめしで持っているようなところがあった。その証拠に夜の商売をしている女の客も多い。夜の商売とは、芸者だったり、他の居酒見世の酌婦だったり、たまさか春をひさぐ夜鷹だったりする。そんな女達が商売を終えた後に空腹を覚えると鳳来堂の暖簾を掻き分けるのだ。四つ（午後十時頃）を過ぎて開いている見世は、本所ではあまりない。朝までやっている鳳来堂は重宝されていた。客は白いめしに、しじみの味噌汁、干物、漬物、お浸しなどで腹ごしらえをして帰る。鳳来堂が客に出す料理に格別凝ったものなどないのだが、見世は存外に繁昌していた。

鳳来堂は、元々は古道具屋をしていた家だった。居酒見世に鞍替えしても屋号はそのまま使っている。居酒見世の屋号にしては、しゃちほこばっているが、江戸には「鰯屋」という薬種屋もあれば、「茗荷屋」という足袋屋もある。さして気にすることもないと主の長五郎は考えている。

それに鳳来堂を名乗ることで父親と僅かに繫がっていられる気がして安心できた。

十年前に父親の音松が亡くなった時、長五郎は浅草の「菱屋」という質屋の手代をしていた。菱屋は父親の実の兄が営んでいた。長五郎は一人息子だったので、残された母親の傍にいてやりたいと思い、伯父に暇を願い出たのだ。伯父は、ずい分引き留めたが、長五郎の気持ちは変わらなかった。母親のお鈴は音松の死に動転して、気持ちが普通でなかったせいもあった。

音松は亡くなる前日まで仕事をして、特に変わった様子は見られなかったという。

仕事を終えた後は二合の酒を飲み、晩めしも普通に平らげた。ただ、「今夜はやけに疲れたから、おれ、寝るわ」と、いつもより早い時刻に床に就いたらしい。お鈴は晩めしの後片づけをし、その日の売り上げを帳面につけると、自分も床に就いた。その時も音松は軽い鼾をかいていたぐらいで、特におかしな様子はなかった。だが、朝になると、いつもはお鈴より早起きして見世を開け、掃除をする音松がいつまで経っても起きる様子がなかった。見かねてお鈴が起こしに行くと、音松の身体はすでに冷たくなっていたという。

春の彼岸の入りは毎年寒さがこたえる。医者はその寒さが音松の心ノ臓を弱らせたのだろうと言っていた。近所の人間は彼岸の入りにあの世へ逝くなんざ、後生のよい人だと音松を褒め上げた。

実家に戻った長五郎はそのまま父親の跡を引き継いで古道具屋をするつもりだったが、いざ、仕事を始めてみると、これが思うように行かなかった。がらくた同様の品物を父親はどんな手で売り捌いていたものか、長五郎には、とんとわからなかった。菱屋で小僧の時から修業した知識も役に立たなかった。それでも一年ぐらいは細々と商売を続けたが、父親と同じような実入りは望めなかった。

長五郎は見世を売って、どこか裏店に移り、自分はまた伯父の質屋に戻った方がいいのではないかと考えるようになった。だが、お鈴が承知しなかった。

お鈴は音松と所帯を持ってから、ずっと五間堀で暮らして来たので、よそで暮らす気にはなれなかったらしい。昔はお父っつぁんが死んだら、菱屋の近所に住むつもりだと言っていたので、長五郎には、お鈴の言葉が意外に思えた。

「だってさあ、ここであんたが生まれ、ご近所の人達とも親戚同様の仲になっているんだ。あたしがよそへ行ったら、皆んなが寂しがるし、あたしだって寂しい。この年になるとね、住み慣れた所が一番なんだよ。ね、わかっておくれよ」

お鈴はそう言って長五郎に縋った。

「だけど喰えなきゃしょうがねェ。おいらはお父っつぁんのように古道具屋をする才覚がねェらしい。だいたい、この見世は古道具屋というより、がらくた置き場になっちまっている。どうするんだよ」

長五郎は口を尖らせた。

「お前、どうしてもこの見世は続けられないかえ」

お鈴は諦め切れない様子で訊いた。

「ああ、おいらには無理だ」

長五郎は、にべもなく応えた。

「そうかえ。なら、二人で暮らす分には、見世はいらない。半分貸して店賃を取ろう」

お鈴は決心を固めたように言った。

「貸す？　この見世を半分？」

「ああ。地所は地主さんの物だが、建物はうちの物だ。すぱっと半分にして、あたしらは茶の間と台所のある方に住むんだ。見世は十坪ぐらいあるから、借り手はつくよ」

「そいじゃ、がらくたの始末はどうするつもりよ」

「お父っつぁんの知り合いの古道具屋さんに声を掛けて、引き取って貰うよ」

「只で？」

「当たり前だ。運ぶ手間賃を考えたら、幾らかでも銭をよこせなんて、そんな図々しいことは言えないよ」

お鈴の言葉に、長五郎は改めて見世の中を見回した。瀬戸の火鉢、埃を被った南部鉄瓶、囲炉裏の自在鉤、塗りの剝げた盆、茶器、掛け軸、それらが雑然と並んでいた。音松がひとつひとつ見世に持ち込んだ物だった。

「や、やっぱり、それはもったいないよ」

長五郎は慌てて言った。

「じゃあ、どうするのさ。このままじゃ二人とも干乾しになるよ」

「おいら、何かいい方法がないか考えてみるよ」

長五郎はとり敢えずお鈴に言った。家を半分貸して店賃を取れば暮らしの足しになる。

だが、そのためには父親が集めた品物を手放さなければならない。手放すとなると、途端にそれらの品が愛しく思えてくるのが不思議だった。何かお鈴と自分が納得できる方法がないものかと長五郎は頭を悩ませた。

父親の友人で酒屋「山城屋」を営む房吉の所へ相談に行ったのは、それから間もなくのことだった。父親の親しい友人は、その房吉しか残っていなかった。六間堀で料理茶屋「かまくら」をしていた勘助は長五郎が子供の頃に亡くなっていたし、駕籠舁きの徳次は行方知れずとなっている。女がらみのごたごたに巻き込まれ、姿を晦ましたのだ。

房吉は音松が亡くなるまで、まるできょうだいのように親しくつき合ってくれた。その時の長五郎が頼れる相手も房吉より他に思いつかなかった。山城屋も今では商売のほとんどを息子の信吉がとり仕切っていたが、房吉はまだまだ隠居するつもりがなく、毎日、店に出て客の相手をしていた。

二

深川・常盤町一丁目の山城屋を訪れると、房吉は如才なく長五郎を茶の間に招じ入れた。房吉は子沢山で、長男の信吉を頭に六人の子供に恵まれた。一番下の娘は早世しているが、他は無事に成長して、三人の娘は嫁に行き、信吉の弟もよそで所帯を構えている。房吉は三人の孫に囲まれて倖せに暮らしていた。

「古道具屋は続けられねェってか？」

ごま塩頭の房吉はつかの間、心配そうな表情で長五郎に訊いた。

「はい。おいらには無理だと思います」

「まあな。質屋に奉公していたお前ェに音松の真似をしろというのもできねェ相談だろうよ。音松は明らかなイカモノ（贋物）でも平気な面で客に叩き売っていたからな。それに比べてお前ェは真面目過ぎらァ。お鈴さんの言うように見世を半分貸すのが利口かも知れねェよ」

房吉はしみじみした口調で言った。

「貸すのはいいとして、これからのことが問題なんですよ。おいらはまた浅草の伯父さんの見世で働かせて貰うつもりですが、そうなると、お袋を一人にさせることになります。お袋は五間堀を離れたくないと言ってるんです」

「かと言って、親子二人で喰う方法もねェってことか」

「ええ」

房吉はしばらく疎らに生えた無精髭を撫でて思案していたが、しばらくすると「お鈴さんは料理の腕がいいから、どうでェ、煮売り屋をするってのは」と、ふと思いついたように言った。

「おっ母さんだって四十を過ぎているから、それほど無理はできませんよ。それに、おっ母さんを働かせて、おいらは何をしたらいいんだか……」

「仕入れとか、色々あるじゃねェか」

「……」

煮売り屋なんて、どうかと思った。ひじきの煮付けや、焼き豆腐の煮物を並べて近所のかみさん連中に売る自分を想像して長五郎は気が滅入った。

「その気にならねェか」

房吉は長五郎の表情を見て訊く。

「ええ、ちょっと……」

そう応えると、房吉はため息をついた。それから居心地の悪い沈黙が続いた後で「おれんちは酒屋だからよ、おれがお前ェに手を貸すことができるのは酒を回すことだけだ。どうでェ、思い切って酒を飲ませる見世をやるってのは」と、房吉は口を開いた。

「居酒見世ですか」

「居酒見世でも一膳めし屋でもいいじゃねェか」

「それはお袋と相談してみなけりゃ、今は何んとも……」

「その手の見世なら大した肴はいらねェ。お鈴さんにちょいと仕込んで貰えば、すぐに見世は開けるわな」

房吉は笑顔で勧めた。長五郎は居酒見世にも一膳めし屋にも気持ちが動かなかったが、家に戻ってお鈴にその話をすると「それ、いいかも知れないよ。あたしがお菜(さい)を拵(こしら)えるから、あんたは客の相手をしたらいいんだ。大工さんに頼んで、ちょいと造作(ぞうさく)して貰えば、それらしくなるよ。それで見世の中にお父っつぁんの残した品物を飾るんだ。きっとお客さんにうけると思うよ」と、眼を輝かせた。

「本気なのかい」

長五郎は驚いてお鈴を見た。

「ああ、本気さ。これから親子二人で暮らして行かなきゃならないんだ。できることはしようよ」

それでめしと酒を飲ませる見世を出すことが決まったのだ。

とはいえ、鳳来堂にあった古道具をすべて取っておくことはできず、半分以上は同業の古道具屋に引き取って貰った。顔見知りの大工に頼み、見世と母屋の間を壁にし、見世だった場所は誰かに貸す目的で納屋にして貰った。さらに茶の間と奥の間は客が座って酒を飲めるよう造作した。大工の手間賃を払うと、お鈴のなけなしの金もきれいさっぱりなくなった。

二階に長五郎の部屋があったのだが、階下を見世にすると、寝起きしたり寛いだりするのは、その六畳の部屋だけになった。

鳳来堂はひと回り狭くなってしまったが、お鈴は文句も言わず嬉々として働いていた。

居酒見世を開くに当たっては房吉が請け人となって組合に掛け合ってくれたし、勘助の息子の友吉も便宜を計らってくれた。

こうして、質屋の手代の長五郎は居酒見世の主になったのだ。見世を始めた頃は包丁の使い方も知らず、お鈴に一から教えて貰った。

最初は昼も夜も見世を開けていたが、お鈴の疲れが溜まり、無理ができなくなったので夜だけの商売にした。

それから五年ほど、長五郎はお鈴と商売を続けたが、ある年の冬にお鈴は風邪をこじらせて床に就き、ひと月後に呆気なく亡くなってしまった。

ようやく長五郎が一人で見世を切り守りできるようになった矢先のでき事だった。

お鈴の通夜の席で房吉はしんみりした声で「お鈴さんはよう、長五郎が一人前になったから安心して向こうに行っちまったんだな。いや、音松が寂しがって呼んだのかも知れねェよ」と言った。

音松とお鈴は仲のよい夫婦だったから、それは大いに考えられる。だが、残された者の気持ちになってみろ、と長五郎は思った。一人っ子で他にきょうだいもいない長五郎は弔（とむら）いの段取りをすべてやらなければならなかった。きょうだいが一人でもいれば手分けしてやれるのにと恨めしかった。

「薄情だぜ、お父っつぁんとおっ母さんは」

長五郎は仏壇に灯明（とうみょう）を上げて恨み言を言ったものだ。

お鈴が亡くなると、長五郎はしばらく腑抜（ふぬ）けのようになった。これからは一人で何んでもしなければならないのだと頭でわかっていても身体が言うことを聞かなかった。

見世の口開（くちあ）けの時刻も、以前なら七つ（午後四時頃）だったのが、どんどん遅くなり、暮六つ（午後六時頃）の鐘が鳴っても暖簾を掛けなくなった。手前（てめ）ェ一人が喰えればよいという気持ちもあったからだ。だが、とにかく、見世は休むことなく毎日開けた。

それはお鈴の遺言でもあった。たとい客が来なくても、商売をする家は毎日見世を開けるのが肝腎なのだと。古道具屋をしていた頃もお鈴と音松は決して勝手に休んだりしなかった。休んでいたのは正月の三が日ぐらいで、盆でも彼岸でも見世は開けていた。

今では、客が鳳来堂で安心して飲める時刻は五つ（午後八時頃）過ぎにもなろうか。その代わり、見世は朝までやっている。最初は遅い口開けに対する言い訳のようなものだったが、次第に、その時間配分が自分に合っているような気がしてきた。当初は客足が遠退(とおの)くかと心配したが、これが存外、そうでもなかった。

いや、以前より実入りは増えていた。時々、土地の御用聞きが現れて見世仕舞いの時刻を早めるようにと文句を言われるが、長五郎はその時だけ、へいへいと殊勝(しゅしょう)に肯(うなず)く。

町木戸の閉じる時刻には、一応、軒行灯(のきあんどん)の灯を消すが、暖簾はそのままにしている。よそで飲み足りなかった客は鳳来堂に行けば飲ませて貰えると思っている。だが、四つ過ぎての客は、さほど酒は飲まない。茶漬けを食べたり、干物と漬物、味噌汁をお菜に、めしを食べる者が多い。いつしか鳳来堂は夜鳴き蕎麦屋ならぬ夜鳴きめし屋と呼ばれるようにもなっていた。

三

二十八歳になった長五郎は相変わらず独り身を通していた。別に女嫌いというのではなかったが、長いこと一人でいると、所帯を持つのも面倒臭くなっていた。長五郎は元々、一人でいるのが好きな性分でもあった。仕事の合間の楽しみと言えば縁日で買った鉢植えを見世の土間口の前に並べ、咲いた花を眺めることぐらいだった。

見世で出す突き出しはお鈴から教わった物がおおかただったが、その他に長五郎が工夫して客に出すのは自分が拵えた干物と糠（ぬか）みその漬物だった。このふたつは客の評判がよかった。

時々立ち寄る棒手振（ぼてふ）りの魚屋から求めた鰯や鯵（あじ）、かますなどを捌いて塩水に浸（つ）け、ほどよく塩が回った頃に長い串に刺し、見世の軒下にぶら下げて干す。夕方から干して、翌日の夕方まで置けば、脂（あぶら）焼けしないきれいな干物ができ上がる。また、糠みそは毎日掻き回していれば、うまい漬物ができた。時々、糠を足したり、昆布の切れ端を入れて味を調（ととの）えたりするだけで、他に手間もいらなかった。

その夜、山城屋の信吉は酒樽(さかだる)を届けに来ると、そのまま見世の座敷に座った。夜の五つを回っていたが、鳳来堂の口開けの客は信吉だった。

「もう、配達はねェんですかい」

長五郎は酒の燗(かん)をつけながら訊いた。花見の季節も終わり、江戸はこれから本格的な春を迎えようとしていた。だが、頬を嬲(なぶ)る風は冷たく感じられる。燗酒を飲むにはふさわしい夜だった。

「長よ、世間様は夜の五つと言えば、晩めしを済ませて蒲団に入ろうという時刻だ。手前ェがこれから商売を始めるからと言って、人も同じとは限らねェよ。だいたい、うちの店でこんな夜中に注文を寄こすのは鳳来堂より他にねェよ」

信吉は苦笑交じりに応えた。信吉は長五郎より三つほど年上だから兄貴分のような口を利(き)く。房吉には似ていない、すっきりとした顔立ちをしている。

「すんません。おいら、なまくらだから」

長五郎はこくりと頭を下げた。

「手前ェで言ってりゃ世話はねェよ。三十近(ち)けェ年になったてのに、お前ェの気持ちは相変わらず若造のままだ。少しはしっかりしろい！」

信吉は荒い言葉で長五郎を励ます。へへと笑って長五郎はちろりの酒と突き出しの小丼(こどんぶり)を信吉の前に運んだ。ちろりは酒を入れる容器のことで、安直な飲み屋ではこれが使われることが多い。

「お、今夜は青柳(あおやぎ)（ばか貝）と葱(ねぎ)のぬたか。おれはこれが好物よ。だが、嬶(かか)ァは滅多に拵えてくれねェよ」

信吉は相好(そうごう)を崩した。

「信吉さんのおかみさんは子供の世話で忙しいですから、あまり無理は言わない方がいいですよ」

長五郎はやんわりと信吉を諭(さと)した。

信吉がちびちび飲んでいる間に、仕事を終えた職人の男達も一人、二人と訪れた。鳳来堂の客は、たいてい一人で訪れる。だが、常連客はお互い顔見知りなので気後れを覚えることはないのだ。

左官(さかん)職の梅次(うめじ)という客も信吉の姿を見ると「何んでェ、配達に来たついでに飲んでいるのけェ？」と気軽な口を利いた。

「梅さん、おれァ、飲むついでに酒樽を届けたんでェ」

信吉も冗談交じりに梅次の言葉を訂正する。

ハハと笑って梅次は信吉の傍に座った。

「まず酒だ。それから、今日の肴は何がある」

梅次は板場に入った長五郎に訊く。板場は鉤形（かぎがた）に囲った飯台（はんだい）の中にある。飯台の仕切り板の上には大皿を置けるようになっており、作り置きのお菜が並んでいた。

「鰈（かれい）の煮付けと、後はめざしですね」

「そいじゃ、煮付けをくれ。それと、横の皿は何んだ？」

「高野豆腐の煮しめですよ」

「そいじゃ、それも一緒に」

「へい」

長五郎はいそいそと仕度をした。もう一人入った客は鳶職（とび）をしている宇助（うすけ）という男だったが、宇助は最近、女房に出て行かれたとかで何んとなく元気がなかった。その夜も信吉や梅次と離れた場所で、ひっそりとめしを喰っていた。鳳来堂はその手の見世にしては静かだ。深酔いして馬鹿騒ぎする客はあまりいない。長五郎もそうした客種をありがたいと思っていた。

だから、四つ近くになって三人の武家の男達が声高に喋りながら見世に入って来た時、長五郎の眉間（みけん）に思わず皺（しわ）が寄った。

「ささ、むさい見世だが、我慢して入ってくれ。ここはそれがしのなじみの見世なのだ。さしてうまい物とてござらんが、酒だけはよい。『七つ梅』と『剣菱』を揃えておるのだ。今夜はそれがしの奢りだ。のう、国許から殿のお伴ではるばる江戸に出て来て三年。この三年は長かったぞ。晴れて国許に戻れるのだ。妻子は首を長ごうして、それがしを待っていることだろう」

武家の男達は五間堀を挟んだ所にある宗対馬守の中屋敷の家臣だった。宗対馬守は対馬府中藩の大名で、将軍徳川家斉が将軍職に就く時、国許で朝鮮通信使の聘礼式を成功させ、肥前松浦郡ほか二万石を加増されたという。

そういう話を相川兵九郎と名乗る男は自慢げに話していた。その相川がこの度、藩主とともに国許へ戻るようだ。後の二人は相川より年下の男達だった。どうやら、その夜、国許へ帰る家臣の送別の宴が開かれた様子だった。

会の後に相川は二人を引き連れて鳳来堂に繰り出したのだろう。

それはいいとして、我がもの顔で酒をどんどん持って来いだの、気の利いた肴はないのかと言う相川に、長五郎は次第に腹が立ってきた。

相川は江戸へやって来て、本所の中屋敷に寝起きするようになってから、時々、鳳来堂に顔を出した。だが、勘定を払ったのは最初の二、三回で、後は手許不如意だからツケにしておけと横柄に言うばかりで、さっぱり支払う様子がなかった。
国許に戻るということはツケを清算して貰わなければならない。あるいはそのつもりで鳳来堂を訪れたのだろうか。長五郎には、ちょっと見当がつかなかった。相川は年の頃、三十五、六の男である。中屋敷では馬廻り役を仰せつかっていた。馬廻りは警護が主たる役目である。

相川は長五郎の思惑など知る由もなく、上機嫌で、江戸暮らしの思い出話をあれこれと二人の家臣に語った。二人の家臣は送別の宴ではろくに食べ物を口にしていなかったらしく、酒を少し飲んだ後はめざしとしじみ汁でめしを喰った。喰いっぷりのよさにほれぼれしたが、長五郎の心配は心配のままだった。

半刻（約一時間）ほど過ぎると、信吉と梅次は話に花が咲いて、まだ帰る様子を見せなかったが、宇助は先に引き上げた。

「相川さん、そろそろ引けましょう。今夜は無礼講と申しても、あまり遅くなっては周りの皆さんにご迷惑が掛かります」

年下の家臣がおそるおそる相川に言った。

相川も、ふと時刻に気づいて「そうか、そうか」と、ようやく腰を上げた。

「亭主、いつものように頼むぞ」

相川が至極当然のような表情で言った時、長五郎の堪忍袋の緒が切れた。

「相川様、いつものようにとはどういうことでございましょうか」

静かな声で言ったつもりだったが、思わず口調に怒気が孕まれたようだ。信吉と梅次が、はっとしたようにこちらを見た。

「だから、勘定は後にしてくれということだ。血の巡りの悪い男だの。それがしに恥をかかせるつもりか！」

相川の声も次第に激昂して行った。

「相川様は近々、お国許へお帰りになるご様子。いつ江戸をお発ちになるご予定ですか」

「それは今月の晦日だ」

相川は渋々応える。

「それでは、あまり日にちもございませんね。わざわざお支払いにおいでになるのはお気の毒ですので、畏れ入りますが、何卒、本日お支払いいただくようお願い致します。今夜のお勘定は締めて一朱（一両の十六分の一）と三十文ですが、今までの掛かりを含めますと、都合三両二分となります。よろしくお願い致します」

長五郎は澱みなく言った。相川の表情はそれとわかるほど青ざめた。

「なに、三両二分だと？　冗談にもほどがある。このような小汚い見世でそのような大金が掛かる訳がない」

苦し紛れに大声を上げた。

「へい、一度の掛かりはさほどでございませんが、それが三年も続くとなると、結構な額にもなります。念のため、勘定書きをお出ししてもよろしいですよ」

「それがしに恥をかかせたな。許さん！」

相川の青ざめた顔が今度は赤くなった。

「どうなさると」

長五郎は怯まず口を返した。相川が刀の柄に手をやった時、信吉は思わず「長、やめろ！」と怒鳴った。だが、長五郎の気持ちは収まらなかった。

「お抜きなさるんですかい？　めし屋の親仁にツケを催促されて、それでお腹立ちのあまり斬りなさるおつもりですかい。相川様の末代までの恥となりましょう」

二人の家臣が慌てて相川を宥め「亭主、話は後だ」と叫ぶように言い、相川を引き摺るようにして外へ出て行った。

緊張が解けると、長五郎は深いため息をついた。

「侍ェに盾突いても仕方がねェだろうに」

信吉は呆れたように言う。

「わかっていますよ。でも、おいらが何も言わないのをいいことに最後の最後まで舐めた真似をするのが許せなかったんです」

長五郎は独り言のように呟いた。

「へへえ、存外に骨があるじゃねェか。見直したぜ」

梅次は嬉しそうに言う。信吉は、ばか、けしかけるな、と梅次の頭を軽く小突いた。

のろのろと相川達の使った皿小鉢を片づけていると、さっきの家臣の一人が戻って来た。

長五郎は仕返しに来たのかと身構えた。だが、その家臣は「騒がせてすまなかったな。これ、少ないが取ってくれ」と、一分（一両の四分の一）を差し出した。

「これは相川様から頼まれなすったんですかい」

長五郎は心配そうに訊いた。

「いいや、拙者の気持ちだ」

「ですが、相川様はお武家様に奢るつもりで手前の見世においでになったんでげしょう？」

「いいのだ。あの人はいつも話ばかり大きくて、今までも、こういうことがあったのだ。気にするな」

若い家臣は鷹揚（おうよう）に応える。

「よろしいんですかい？　そいじゃ遠慮なくいただきます」

長五郎はこくりと頭を下げて一分を受け取った。

「相川殿はこの見世だけでなく、あちこちでツケを増やしているようで、屋敷内でも問題になっておるのだ。ここのツケは拙者が相川殿を説得して支払わせるようにするから、今しばらく待て」

「それはもうよろしいです。勘定は取れないものと諦めておりましたし、手前も思わず相川様に向かって生意気を申しました。今夜のことはお忘れ下せェやし。相川様にはお国許への道中の無事をお祈りしておりますとお伝え下せェ」

長五郎は笑顔で応えた。それにつられたように若い家臣も笑顔を見せた。

「めし屋の亭主にしては太っ腹だの。いや、気に入った。めしも肴もうまかったぞ。拙者もこれからこの見世を贔屓（ひいき）にするとしよう。ただし、拙者は、ツケはせぬから安心しろ」

家臣はそう言って長五郎に背を向けた。

「お武家様。もし、よろしければお名前を伺ってよろしいでしょうか」

長五郎は慌てて言った。

「うむ。拙者は浦田角右衛門（うらたかくえもん）と申す」

振り返って家臣は応えた。

「浦田様ですか。以後、よろしくお願い申し上げます」

「うむ」

浦田はそのまま、暗い通りに出て行った。

「よかったじゃねェか、長。雨降って、地固まるだな」

信吉は安心した表情で言った。

「ええ、お蔭様で。信吉さんと梅さんが傍にいてくれて心強かったですよ。お礼に一杯奢らせて下さい」

長五郎は笑顔でそう言ったが、板場に入った時、思わず大きな息を吐いていた。

信吉と梅次が帰ったのは九つ（午前零時頃）近かった。信吉はともかく、梅次はちゃんと朝に起きられるかと心配になる。裏店のかみさん連中が声を掛けてくれるから大丈夫と梅次は言っていたが。

四

それからしばらくは新たな客が訪れる様子がなかった。長五郎は板場から出ると、店座敷の縁（へり）に腰を下ろし、銀煙管（ぎんぎせる）に火を点（つ）けた。

銀煙管は父親が残した古道具の中から見つけたものだった。長五郎は、それまで煙草はやらなかったのだが、その銀煙管を見つけてから、商売の合間に一服するようになった。

煙管の長さも手頃で気に入っている。吐き出した煙管の煙は壁の棚へと流れる。その棚には招き猫が三体、飾られていた。伯父の質屋に大量の招き猫が持ち込まれ、それを売り捌くために父親の力を借りたことをふと思い出す。

見世で使っている皿小鉢は、上等の有田焼（ありたやき）があるかと思えば、どこにでも見掛ける安物もある。全体にまとまりはないが、長五郎はさして気にしていなかった。

それよりも居酒見世を開く時、新たに瀬戸物の類を買い足さなくてよかったのが助かった。それほど品物が見世にあったのだ。見世座敷の中央にある火鉢も、その上に載せている鉄瓶も古道具屋をしていた頃の品物だ。

その他にも、見世のあちこちに古道具屋の名残りが感じられる。客のいない時、長五郎はぼんやり見世の中を眺めるのが好きだった。

今夜はこれで仕舞いかと思った時、見世の油障子が勢いよく開いて、芸者の駒奴が現れた。

藤色の着物に緞子の帯を締めた駒奴が鳳来堂に入って来ると、くすんだ見世の中がぱっと華やぐように感じられた。前挿しの銀簪が八間（大きな釣り行灯）の光に反射してきらきらと光った。駒奴は酔っていた。

「お酒おくれ」

着物の裾をまくり、赤い蹴出しを見せて、駒奴は火鉢の傍にしどけない恰好で座った。

「姐さん、酔っていますね」

長五郎は、そっと言う。

「あたぼうよ。助平な客にお座敷でしこたま飲まされたのさ。帰りも送ってやるとつきまとって離れやしない。挙句に途中で曖昧宿に連れ込まれそうになったのさ。酔わせてわっちをものにする魂胆だったらしい。しかも只でさ。あいにく、こちとらおぼこ娘じゃない。易々とその手に乗るかえ。それ相当の銭を出せってんだ。そう言うと、敵は祝儀を渡しただろうがと涼しい顔で応えたのさ。おまけに誰が田舎芸者に銭を出すかだと。わっちは肝が焼けて、肝が焼けて」

駒奴は不愉快そうに吐き捨てた。

「いやな客を撒いてここまで来たという訳ですか」

「その通り」

駒奴は悪戯っぽい顔で応えた。駒奴は深川・六間堀の芸妓屋「和泉屋」の抱え芸者だった。年は正確には知らなかったが二十四、五にはなっているはずだ。

長五郎は火鉢の鉄瓶を取り上げて板場に入った。鉄瓶の湯で茶を淹れた。これ以上、駒奴に飲ませたら正体がなくなってしまう。

「はい、どうぞ」

湯呑を差し出すと、駒奴は勢いよく飲み、その後で咽た。

「あつッ、舌を焼いたじゃないか。それに何んだい、わっちはお酒と言ったんだよ」

駒奴は、きゅっと長五郎を睨む。その眼が色っぽかった。

「姐さんの怒った顔もきれえですね。これは、おちゃけです」

ひょうきんに応えた長五郎に駒奴は噴き出した。

「全く、商売っ気のない男だよ。やれやれ飲む気も失せたわな。茶漬けでも拵えて貰おうか」

「へい」

長五郎は張り切って応えた。

茶漬けの用意をしている間、駒奴は静かに茶を飲んでいたが、ふと思い出したように「湊屋の隠居が亡くなったのは知っていたかえ」と訊いた。

「いえ……」

塩鮭の身をほぐしていた長五郎の手が止まった。湊屋とは浅草の紙問屋のことだった。

湊屋の主は女房を病で亡くした時、五十を過ぎていたので、その機会に息子に商売を渡し、隠居した。それから向島に小さな家を建て、そこで和泉屋の若い芸者と一緒に住んでいた。隠居とその芸者の間には男の子が一人できたと聞いている。

「ひと月前のことだよ。それでみさ吉は倅を連れて和泉屋のお母さん（お内儀）の所に戻って来たのさ」

　みさ吉は隠居と住んでいた芸者の名前だった。みさ吉は長五郎よりひとつ年下だから二十七になる。これからお座敷に出て稼ぐのは骨だろうと思った。まして息子を抱えているとなれば。

「湊屋はみさ吉姐さんの息子を引き取らなかったんですかい」

　長五郎は低い声で訊いた。

「ああ、引き取らなかった。みさ吉は住んでいた家も追い出され、和泉屋のお母さんに縋るしかなかったのさ。あの人には親きょうだいもいなくなっていたからねえ」

　丼にめしをよそい、塩鮭のほぐし身と細かくちぎった海苔を載せた。濃い目の煎茶をその上から掛け、おろしたわさびをちょいと添える。

　盆に載せて見世座敷に運ぶと、駒奴は空腹だったらしく、すぐに箸を取り、さらさらと掻き込んだ。合間にかぶの漬物をかりこりと食む。

「湊屋がみさ吉の倅を引き取らなかったのは、その倅が隠居の胤じゃなかったからさ」

駒奴は長五郎の表情を窺(うかが)うように続けた。

「そんなこと、わかるんですか」

「ああ、わかるよ。隠居は子胤のない男だったからさ」

「湊屋の今の旦那はご隠居さんの息子じゃねェんですか」

「あれは養子さ。何んでも隠居の弟の子供を貰ったという話だ」

長五郎は駒奴の話を聞きながら、次第に落ち着かなくなった。それではみさ吉の息子の父親は誰だろうという疑問が湧いた。

みさ吉が湊屋の隠居に身請(みう)けされたのは十年前のことだ。みさ吉がお座敷に出るようになって三年ほど経った頃だ。寄合(よりあい)の席で湊屋の隠居に見初(みそ)められたという。

「ああ、うまかった。ようやく人心地がついたよ。大将、お茶をもう一杯おくれな。それから、お前さんの煙管をちょいと貸して」

駒奴は媚(こ)びるような眼で言う。長五郎は煙管の吸い口を前垂れで拭(ふ)くと、煙草盆と一緒に駒奴の前に差し出した。

「大将、顔色が悪いよ。どうしたえ？　わっちの話を聞いて妙な気持ちにでもなったかえ」

「いえ……」

長五郎は慌ててかぶりを振った。駒奴は可笑しそうに笑った。

「みさ吉は大将と一緒になりたかった。そうだね？　ところがあの頃、みさ吉には飲んだくれのてて親がいた。毎度和泉屋へ飲み代の無心に来ていた。まあ、うちのお母さんが湊屋の隠居の話を進めたのは、和泉屋にみさ吉がいれば、てて親はいつまでもみさ吉をあてにすると思ったからだし、みさ吉の借金もそれできれいになる。一石二鳥だと考えたんだろうよ。お母さんのやることにそつはないわな。だが、みさ吉の気持ちまで考えていなかったはずだ。みさ吉が本当は大将と所帯を持ちたかったなんてことは、つゆほども思っちゃいなかった」

「姐さん、やめて下さい。済んだことです」

長五郎は駒奴を遮った。だが、駒奴はやめなかった。

「あの頃、大将は浅草の質屋の手代をしていた。みさ吉と一緒になろうという話はできない相談だった。何より、大将のおっ母さんは堅気の女だから、大将が芸者と一緒になりたいなんて話をしたら、眼を剝いて反対したはずだ。大将はみさ吉のこと、おっ母さんには言っていないだろ？」

長五郎は応えなかったが、駒奴は煙管の煙を勢いよく天井に向けて吐くと、かいと灰吹きに雁首を打って灰を落とした。

「もう、お互いに大人だ。横から差し出口を挟む親もいない。これからのことをちょいと考える気にはならないかえ？」

駒奴は長五郎の表情を窺うように言う。それから帯に挟んだ紙入れから銭を取り出して畳にざらりと置いた。

「足りるかえ？」

茶漬けは十八文である。四文銭は十以上あった。長五郎は余分のものを返そうとしたが、駒奴は「取っておおき」と鷹揚に言った。

「ありがとうございます。あ、お送りしましょう。夜道は暗いですから」

長五郎は慌てて言った。

「いいんだよ。この辺はわっちの庭みたいなものだ。どこに置き去りにされても帰れるわな。だが、どぶに嵌まったらことだから、提灯は貸しておくれな」

「いいんですかい？　それじゃ……」

長五郎は見世座敷の棚から小田原提灯を取り上げ、それに灯を入れた。

「ありがとよ。この見世は何んでも揃っているんだね。揃っていないのは女房だけか」

駒奴はそう言って出て行った。

駒奴の話は長五郎を、思わぬほど動揺させていた。湊屋の隠居に身請けされて向島へ行く前夜、みさ吉は切羽詰まった表情で長五郎が奉公していた菱屋まで来た。

どんな話をしたのか、今ではよく覚えていない。もっとも、みさ吉は大泣きしていたから、ろくに話なんてできなかった。見世を閉めた後だったので、伯父と伯母は、長五郎が外へ出たことには気づいていなかっただろう。

みさ吉の気持ちはわかっていたが、自分にはどうしてやることもできなかった。一緒に逃げてと言われても「そんなことはできないよ」と応えるしかなかった。

長五郎は、十八歳にしては冷静な男だった。

宥めすかして竹町（たけちょう）の渡しまで送って行く途中、みさ吉は路地の奥に長五郎を引っ張り込み、強く口を吸った。それで初めて長五郎の気持ちに火が点いたのではなかろうか。いや、おぼろな春の夜が、普段はおとなしい長五郎を狂わせたのかも知れない。

後はなし崩しに、近くの曖昧宿に転（ころ）がり込んだのだ。長五郎はその時、銭を持っていなかったから、曖昧宿の掛かりはみさ吉が払ったと思う。そこで一刻（約二時間）ほど過ごし、みさ吉はようやく落ち着いて本所へ戻って行ったのだ。それは今考えると、みさ吉の覚悟の上のことだったのだろう。

　長五郎は、みさ吉の胸の内まで考えられなかった。年寄りの囲い者になるみさ吉が可哀想でたまらなかっただけだ。

　両親に話をすれば、あるいは道が拓けたかも知れない。音松が亡くなったのも、その年の春だった。みさ吉のことは、息子として父親に頼る最後の機会にもなったはずだ。お鈴はともかく、音松なら、きっと笑ってひと肌脱いでくれただろう。だが、長五郎の分別がそれを止めたような気がする。そんなことをしてもどうにもならないと。その結果、周りを大騒ぎさせずに済んだが、今になって、みさ吉の息子の父親は誰なのかという疑問が長五郎を悩ませる。

　もしも子供の父親が自分だとしたら、この先、どうしたらいいのだろうか。十年も月日が経てば男も女も変わる。何かを諦め、何かにけりをつけて人は生きて行く。しかし、とっくにけりをつけたはずのことが、長い年月を経て再び問題となるのは、どうした風の吹き回しだろう。わからない。長五郎は小さく首を傾げた。夜はいよいよ更ける。時々訪れる夜鷹の女もその夜は訪れそうになかった。

客がつかず、夜食にもありつけないのかも知れない。どうにも腹が減って仕方のない時はめしぐらい喰わせてやると言っているのだが、三十過ぎの夜鷹は「ありがと、大将」と薄く笑うだけで、決してその通りにはしなかった。夜鷹をしていても人の情けは受けないよ、と意地を張っているのだ。

自分は夜鷹の姐さんほどの意地も持ち合わせていない。長五郎は自嘲的に思う。駒奴がその夜の最後の客となったようだ。

長五郎は暖簾を下ろし、見世の灯りを消すと、大きく伸びをした。それから板場の棚から買物籠を取り上げた。その買物籠は母親が使っていたものだ。長五郎はそれを携え、本所のやっちゃ場（青物市場）へ仕入れに行くため見世を出た。おおかたの人々が白河夜船でも、きっかり眼を開けて商売に励む者がいる。生きて行くためだ。長五郎もその中の一人と思いたいが、どうだろうか。外はまだ暗い。満天の星がやけに光って見えた。

五

長五郎はみさ吉を子供の頃から知っていた。

浅草から本所の実家へ立ち寄る時、道の途中でみさ吉と出くわすことが多かった。みさ吉は当時、下地っ子（芸者の見習い）をしていた。朝早く起きて掃除や洗濯をし、それが済むと三味線や太鼓、長唄の稽古に行かされていた。夜は夜で姉さん芸者の三味線を持ってお座敷までお伴する。遊ぶ暇はほとんどなかった。母親はみさ吉が三歳の時に病で亡くなっていて、みさ吉は祖母に育てられたという。その祖母も亡くなると父親は仕事もろくにせず、酒浸りになった。日々の暮らしの金にも事欠いて、父親は娘を和泉屋へ売ったのだ。

和泉屋の主とお内儀はみさ吉が存外に整った顔立ちをしていたので、仕込めば一人前の芸者になるだろうと踏んでみさ吉を引き取ったのだろう。みさ吉の本名はおひでだった。

どうしてみさ吉という権兵衛名（源氏名）になったのか、長五郎は一度聞いたことがあったが忘れてしまった。

路上ですれ違うと、みさ吉ははにかむような笑顔を長五郎に見せた。そして「また、会ったね。あんた、鳳来堂の息子さんね」などと、言葉を掛けるようになった。

長五郎が本所に立ち寄るのは、しょっちゅうという訳ではなかったのに、なぜかみさ吉とはよく出会った。今では、何やら縁があったのではないかとも思える が、十二、三の年では、そんなことは気がつかなかった。

質屋組合の寄合が浅草の料理茶屋であった時、見世の内所（経営者の居室）にみさ吉がいたこともあった。長五郎は伯父のお伴だったし、みさ吉も姉さん芸者のお伴だった。寄合が終わるまで二人は埒もない話をして時間を潰した。

あの頃はみさ吉と一緒にいるだけで楽しかったが、お互い奉公する身だったので、羽目を外すようなことはなかった。姉さん芸者が「仲がいいねえ。末は一緒になるおつもりかえ」と、からかうと、二人とも真っ赤になって俯いたものだ。

あの頃のことを思い出すと長五郎の胸には今でも甘酸っぱいものが込み上げる。惚れると言うより、はるかに淡い感情だった。いや、恋の意味もわからないほど長五郎は子供だったのだ。

だが、みさ吉の方は芸妓屋の下地っ子をしていたせいもあり、色恋には敏感だったと思う。長五郎がみさ吉を女として見るようになったのは、やはり、みさ吉が湊屋の隠居に身請けされる話が持ち上がってからだろう。

みさ吉は長五郎にはっきりした答えを求めていたと思う。妾になんてならずに、おいらの女房になりな、という言葉を待っていたのかも知れない。その望みが消えると、みさ吉は向島へ行った。不甲斐ない男と自分を恨んだだろう。恨んで憎んで、この十年を過ごしたのだ。

みさ吉に合わせる顔はなかった。だが、息子のことは気になる。駒奴の話はそれからも長五郎の胸に深く突き刺さったままだった。

六間堀の料理茶屋「かまくら」の友吉が鳳来堂にやって来たのは、駒奴がみさ吉の話をしてからひと廻り（一週間）ほど過ぎた頃だった。

友吉は普段着でなく、羽織を着けた恰好だった。

「どこかにお出かけだったんですかい」

長五郎はちろりの酒を運ぶと友吉に訊いた。

「いいや、今夜はうちの見世で侍連中の宴会があったんだよ。侍はいやだねえ。いばり散らすから始末に負えないよ。宴会がお開きになって、どっと疲れた。うちの奴に、ちょいと外の風に吹かれてくるよと言って出て来たんだ」

友吉はくさくさした表情で言う。

「それはそれはお疲れ様でございます。ささ、おひとつ」

長五郎は友吉の労をねぎらうように酌をした。

「おや、洒落た突き出しだね。これは菜の花かい」

友吉は小丼の中身を見て言う。

「へい、菜の花のからし醬油和えですよ」

「ふーん」

箸で摘まんで口に入れ「なかなか乙な味だ」と褒めてくれた。

友吉は口が肥えているので滅多に褒めない男である。鳳来堂に来ても、ろくに肴には手をつけず、酒ばかり飲んでいる。この頃は腹回りに肉がついて貫禄を感じさせる。

「今夜の宴会に和泉屋の芸者も三人ほど来ていたが、その中にみさ吉がいたんで驚いたよ」

友吉は長五郎にそれを知らせたかったようだ。父親同士が友達だったせいもあり、長五郎と友吉も商売抜きで親しくつき合っていた。

「さいですか。世話になっていた旦那が亡くなって和泉屋に舞い戻ったという話は駒奴姐さんから聞いておりましたが、もう、お座敷に出ているんですかい」

長五郎はさり気なく応えた。

「子持ちの芸者は大変だね。うちも親父が早くに亡くなっているから、みさ吉の気持ちはよくわかるよ。うちのお袋もおれを抱えて苦労したからね」

「お内儀さんの期待に応えてかまくらを潰さずに守って来た友さんも偉いですよ」

「偉いってか？　だが、おれがここまで来れたのはお前の親父や山城屋の親父のお蔭さ。いっつも気に掛けて貰ってありがたかったよ」

「友さんにそう言っていただけて、親父はあの世で涙をこぼして喜んでおりますよ」

「お前の親父は、おれを湯屋に連れて行ってくれたよ。お袋さんも親切で、晩めしを何度も喰わせて貰った。お前が質屋に奉公しているのに、よその倅のおれが大きな顔して鳳来堂でめしを喰っていたんだからな。他人様は何んと思っていたか知れたもんじゃないよ」

「誰も何んとも思っちゃおりやせんよ。うちの親父とお袋は世話好きですから」

「お前の親父と、うちの親父は餓鬼の頃からのダチだった。それもただのダチじゃない。きょうだい以上の仲だった。多分、お前の親父が先に死んだとしても、おれがして貰ったようにうちの親父もお前にしたんじゃないかな」

「きっとそうですよ」

「それに比べて、おれ達はどうだ？　他人の餓鬼を親身に世話する器量を持ち合わせているかい？」

「無理でしょうね。手前ェのことだけで精一杯ですから」

長五郎は、友吉の猪口に酌をしながら言う。

「だろうな。みさ吉の話が出たってのに、お前はまるで他人事みてェな面をしている。どうなんだ、おい」

友吉は急に真顔になった。

「どうなんだと言われても、どうもできやせんよ」

「お前が独り身を通していたのは、みさ吉を忘れられなかったせいじゃねェのかい」

「違いますよ」

長五郎はその時だけ、むっとした顔になった。

「みさ吉が湊屋の隠居に世話になるために向島へ行った後、お前、しばらく塞ぎ込んでいたよな。おれが心配して菱屋に訪ねて行っても、放っといてくれと言って取りつく島もなかった」

「………」

「山城屋の信吉さんは、みさ吉のことがこたえているから、そっとしておけと言ったんで、おれもそれ以上は何も言わなかったけどな。あの後にお前の親父が死んで……全くあの年はお前にとってさんざんだった」

友吉の声にため息が交じった。

「友さん、後生ですから、みさ吉のことはもう勘弁して下さい」

長五郎は低い声で言った。

「わかった。余計なことを喋ったようだ。悪かったな。ただ、みさ吉の倅のことがおれは気になるのよ。てて親もいないんじゃ、さぞ寂しいだろうってな。おれ、うちの餓鬼をどこかへ連れて行く時は、みさ吉の倅も一緒に連れて行こうと思っている。いいか？」

友吉は上目遣いで長五郎に訊く。

「何んでおいらに断りを入れるんで？」

長五郎は友吉の視線を避け、低い声で訊き返した。

「ただ言ってみただけよ」

友吉の言い方は何かをはぐらかすように聞こえた。

「幾らだ」

友吉は腰を浮かして続けた。

「四十六文です」

友吉は紙入れから小銭を取り出し、畳の上にびしっと置いた。長五郎の返答に不満を覚えているような感じがした。友吉はみさ吉のことで、もっと詳しい話を知っているのだろうか。ふと、そんな気もした。友さん、と口に出し掛けた時、鳶職の宇助が入って来たので、長五郎は言葉を呑み込んだ。

「気をつけてお帰りなさいやし」

長五郎は見世の外まで出て友吉を見送った。

「おう」

友吉はようやく白い歯を見せて笑ってくれた。

「すぐにめしにしますかい」

長五郎は宇助に訊いた。宇助はすぐに応えず「今帰ったのは、かまくらの旦那だったよな」と言った。

「へい、そうです」

「前から気になっていたんだが、どうしてかまくらの旦那が鳳来堂へ飲みに来るんでェ」

本所深川で名の知れた料理茶屋の主が立ち寄る見世にしては、鳳来堂はふさわしくないと言いたいようだ。

「友さんの親父とうちの親父は仲のいいダチだったんですよ。その流れでおいらも友さんとダチになったという訳です」

「そういう縁か。世の中は様々だなあ。ええと、焼き魚とめし、それに汁だ。漬物を多めに」

「へい」

長五郎は板場に入って、さっそく用意を始めた。

「うちの嬶ァは出て行ったきり、戻って来やがらねェよ。くそッ、亭主を虚仮(こけ)にしやがって、離縁してくれだと。おおかた間夫(まぶ)（恋人）でもできたんだろう」

宇助は客が他にいないせいもあって、愚痴(ぐち)を洩(も)らし始めた。

「宇助さんのおかみさんは、そんな人じゃありやせんよ」

長五郎はさり気なく窘(たしな)める。

「お前ェに何がわかる。嬶ァてなよ、亭主が仕事から帰る時分にゃ、めしの仕度をして、銚子の一本もつけて待っているもんだ。それを長屋のかみさん連中とべらべら喋り腐って、おれの姿を見た途端に大慌てだ。毎度そんなことが続くと、おれも男だ。嬶ァの横面(よこつら)を張り飛ばしたくもならァな。すると、次の日にはかみさん連中に眼の周りの青痣(あおあざ)をこれ見よがしにしてよ、挙句の果てに、ぷいっと出て行きやがったのよ。三人の餓鬼どもも嬶ァの味方をして、ついて行った。全く、やってられねェよ」

「迎えに行かないんですか」

「行くか。そんなことをした日にゃ、あいつら、ますますのぼせ上がる一方だ」

「だけど、離縁とは穏やかじゃないですね。おかみさんがそれを口にするのはよほどのことだ。このままだったら、三人の子供さんはててなし子になってしまいますよ。可哀想ですよ」

「鳶職ってなよ、お天道様に左右される仕事だ。火消しの御用もするが、普段の実入りはそう多くねェ。足りねェ、足りねェ、嬶ァはそれが口癖よ。足りなきゃどうする。おれに泥棒をして来いって言うのか、おれは肝が焼けて嬶ァを張り飛ばす。餓鬼は喚(わめ)く。毎度、それの繰り返しよ」

「おかみさんが出て行ったのは、宇助さんが手を上げるからですよ」

そう言うと、宇助は眼を丸くした。

「だってよう、嬶ァは亭主の言うことを聞くのが当たり前だろうが」

「言うことを聞かせるのと、張り飛ばすのは意味が違いますよ。おいらはうちの親父がお袋を張り飛ばすのなんて見たことがありやせん。おいらのいない時にそういうことがあったかも知れませんが、それだって数えるほどしかないと思います。ためしに、おかみさんの実家に行って、もう、手を上げないとおっしゃって下さい。おかみさんは、すぐに戻って来ますよ」

「本当けェ？」

宇助は信じられない顔で訊く。

「本当です」

長五郎は板場から笑顔で応えた。宇助はすぐにそうするとは言わなかったが、何やら思案するふうだった。塩鮭が焼き上がると、宇助はもう何も喋らず、黙ってめしを食べていた。

四つ過ぎて、夜鷹のおしのがひっそりと入って来た。客が一人でもいると遠慮する。

飯台の隅に置いた酒樽にそっと腰を下ろしたが、頭に被せた手拭いは取らない。

厚く白粉を塗っているが、その下には瘡が目立つ。それを見られたくないのだ。悪い病はその内におしのの全身を蝕んで立って歩けなくなるだろう。

「一杯飲みますかい？　奢りますよ」

長五郎は笑顔で言った。

「いらない。お酒を飲むと身体がほてるから。ごはんと漬物だけでいい」

おしのは低い声で応えた。

「今夜は客がついたようですね」

「お蔭様で……お蔭様って言うのも妙だけど」

長五郎は、さほど待たせることなく、丼めしに漬物、それに味噌汁の椀を添えておしのの前に置いた。

「おみおつけは頼んでないよ」

気後れした表情でおしのは言う。

「いいんです。味噌汁は余っていますから」

「そうお？　それじゃ遠慮なく。あ、大根のおみおつけだ。あたし、これが大好きなの」

おしのは嬉しそうに熱い味噌汁を啜った。

長五郎は腰掛けを引き出して、おしのの横に座り、頰杖（ほおづえ）を突いた。

「姐さん、おいらの話を聞いてくれますかい」

「おや、やぶからぼうに何んだえ」

おしのは二、三度、眼をしばたたいたが、長五郎の顔は見ない。

「若けェ頃に、一度だけ女と深間になったことがあるんですよ」

「あら、乙にすてきだこと。若い頃って、今だって若いだろうに、いつの話だえ」

おしのは愉快そうに笑った。

「おいらはその時十八で、女は十七でした。その女は年寄りの世話になることが決まっていたんですが、その前に、おいらに会いに来たんですよ。泣きながら」

「………」

「その時、女はおいらを曖昧宿へ連れて行ったんです。後にも先にも、そういうことになったのは一回こっきりでした」

おしのは糠みそのかぶを食む。それから長五郎は少しの間、黙った。自分の気持ちの整理がまだできていないような気がしたからだ。

「それで？」

だが、おしのは続きを急かした。

「二人の間はそれきりになったんですが、そのう、一年後に子供が生まれて、どうもその子供は旦那の胤じゃないらしいという噂なんですよ」

「それじゃ、大将のだ」

おしのはずばりと言った。

「そう思いますかい」

「それしか考えられないよ。今、その子は幾つだえ」

「わかりません。会ったことがないので」

「勘定したらすぐにわかるよ」

「九つですかねえ」

「会ってごらんな。もっとも、子供のてて親が誰かは、母親しかわからないけどね」

「この先、どうしたらいいのか悩んでいるんですよ」

「旦那がいるから心配ないだろ？」

「旦那は死んだんですよ」

おしのは残ったためしに味噌汁を掛けて啜り込んだ。きれいに平らげると「ああ、人心地がついた」と、大きな吐息をついた。

「大将、なるようにしかならないよ」

おしのはさばさばした口調で続ける。

「さいですね」

「もしもその子が大将の倅だとしたら、大将は面倒を見なけりゃならないと思っているんだろ？」

「ええ、まあ」

「でもね、母親になった女の考えはまた別だから、下手に手を出せば恨まれるよ」

「……」

「だからね、なるようにしかならないと、あたしは言ってるんだ。はん、色恋沙汰のけりは所詮、女が背負わされるものさ。敵は最初っから大将の力なんてあてにしていないよ。それにさあ、何んだってそんな話をあたしにするのさ。相手が違うだろうに。それとも夜鷹だから話しても構わないと思ったのかえ。大将はいい人だけど、結局、あたしをばかにしてるのさ。いいけどね。さ、帰ろ」

おしのは飯台に十六文を置いた。おしのからはそれ以上、取らない。

「姐さん、おいらは姐さんだから話したんだ。他に誰も話す人はいなかったんだ！」

長五郎は思わず高い声を上げた。おしのはまじまじと長五郎を見る。顔の瘡がやけに大きく感じられた。

「それはおかたじけ。お休みなさい」

おしのはそう言って、静かに見世を出て行った。

近所の野良猫が盛りのついた甘い鳴き声を立てる。普段はろくに声も立てないくせに、盛りの時季だけ驚くほど高い声を上げるのだ。

長五郎は油障子を開け、外の闇に眼を凝らす。野良猫の姿は見えない。だが「こんちくしょう、あっちに行け！」と、怒鳴り声を上げると、空き樽にぶつかるような音を立てて、野良猫は逃げて行った。その野良猫がなぜか自分のように思えてやり切れなかった。

風が生ぬるい。星も見えない。明日は雨だろうかと、長五郎は暗い夜空を見上げて思った。

五間堀（ごけんぼり）の雨

一

梅雨入りした江戸は毎日毎日、しとしとと雨が続く。厚い雲は終日空を覆い、昼間でも夕暮れのような薄暗さだ。居酒見世「鳳来堂」の主の長五郎は最近、雨の音で目覚めることが多い。

「また雨か……」と、独り言も出る。緩慢な動作で起き上がり、とり敢えず蒲団を畳み、着替えを済ませると、箒でざっと寝間の掃除をする。塵取りに集めた埃まで何やら湿っぽく感じられる。

仕入れのない時、長五郎は昼近くまで寝ている。寝ても寝ても、寝足りない気がした。

朝まで見世を開けているから、後片づけを済ませると朝の五つ刻（午前八時頃）にもなってしまう。それから床に就くので、昼まで寝たとしても睡眠時間は十分と言えない。

おまけに通りを行き過ぎる人々の話し声やら棒手振りの触れ声、托鉢僧の念仏などが結構やかましい。親切な客が青物や魚などを届けに来ることもあるので、おちおち寝ていられないこともあった。

夜の商売に従事している者は、普通の稼ぎ人とは違う疲れ方をする、と長五郎は思う。

普通の人間は夜明けとともに起きて、朝めしを食べて仕事に行き、夕方まで働く。家に戻ったら湯屋に行って一日の汗を流し、身も心もさっぱりしたところで、銚子一本ほどの酒を飲み、晩めしを食べるのだ。女房子供とその日のでき事を語り合い、灯り油を節約して早めに床に就く。それがまっとうな暮らしだと長五郎は考えている。

古道具屋を商っていた長五郎の両親も、その意味ではまっとうな暮らしをしていた。だが、息子の自分は、そうではない。昼と夜が逆転した暮らしを続けている。

まっとうでなくなったのは、やはり父親が死んでからだろう。父親は家の大黒柱だ。たとい、のんだくれの博打好きでも、とにかく父親は頼りになる存在だった。かと言って、母親に先立たれても困る。めしの仕度や家の中のことが行き届かない。両親を、とっくに亡くしている長五郎が父親と母親の役割を今さら、ああだこうだと言ってもしょうがないことだが。

寝間を片づけると、長五郎は梯子段を下りて、見世の板場に入った。見世の中には焼き魚の燻った臭いが残っている。おまけにゴミ樽の饐えた臭いもそれに混じる。喰いもの商売がいやだなと感じるのはそんな時である。

土間口の油障子を開け、見世の空気を入れ換える。雨で湿っぽくても、見世の中の澱んだ空気は幾らかましになる。

目の前の五間堀は鉛色をしていた。川幅が五間（約九メートル）あるのでそう呼ばれるようになったという。

近くには小名木川と竪川を貫く六間堀という堀があるが、五間堀はその六間堀の中央から東へ鉤形に伸びている入り堀だ。堀は武家屋敷の中を通り、富川町で堀留となっている。江戸に幕府が開かれ、本所の整備が行なわれるようになった頃、舟運のために掘削されたそうだ。長五郎は、この五間堀を眺めて育った。雨にも拘らず、荷を運ぶ小舟が時々、行き来していた。

土間口前に置いた鉢植えの万年青も雨にしっとりと濡れている。あまり雨ざらしにしていると根腐れを起こすかも知れない。そう思うと、三つの鉢を中に入れた。油障子の横には植え込みがある。今は薄紫のあじさいが花の盛りを迎えていた。花を眺めながら長五郎は、ほっと短い吐息をついた。

しばらく植え込みのあじさいを眺めていると、見世の横に大八車が横づけされた。蓑に笠を被った男が長五郎に気づいて、ひょいと小腰を屈めた。男は味噌屋「信州屋」の若旦那である。鳳来堂は見世の半分を信州屋に貸していた。

信州屋はそこに自分の所の店蔵に収め切れない品物を保管している。必要に応じて、時々、取りに訪れる。納屋は鳳来堂が古道具屋だった頃、品物を並べていた場所で、建物は古いが天井が高かった。採光は悪いが、味噌を保管するには適しているらしい。

長五郎にとっても見世の隣りが納屋になっているのは都合がよい。人が寝泊りしている家だったら、夜の商売をしている長五郎は見世の物音に気を遣わなければならなかっただろう。信州屋からは毎月六百文の店賃が入る。

鳳来堂の売り上げの不足はそれで補っているようなものだった。

「雨の中、大変ですね」

長五郎は若旦那の幸吉にねぎらいの言葉を掛けた。幸吉は三十七、八の年だから、長五郎より十ばかり年上である。背丈が低く、ずんぐりした体格をしている。小僧の頃より信州屋に奉公して、手代に直った時、信州屋の娘と所帯を持ったのだ。幸吉は婿養子だった。

信州屋は娘ばかりで息子がいなかった。幸吉の女房は信州屋の末娘だった。他の姉妹は家業を嫌い、さっさとよそへ嫁いで行ったので、結局、末娘が幸吉と一緒になって店を引き継ぐことになったのだ。幸吉は跡継ぎの若旦那だが、仕事はただの奉公人だった頃と変わっていない。納屋から品物を運ぶのも幸吉の役目だった。

幸吉は納屋の扉の南京錠を外した。大八車には年季の入った樽が五つほど載っていた。

幸吉は扉を開けると、その樽を中に運び込む。長五郎はさり気なく手伝った。

「すんません」と、幸吉は、また小腰を屈めた。

「あんまり雨が続いちゃ、味噌がかびませんかい」

長五郎は幸吉に訊く。

「うちの味噌はしっかり作ってあるんで、何があってもかびたりしません」

幸吉はきっぱりと応えた。長五郎は余計なことを喋ってしまったと、ひょいと肩を竦めた。

幸吉は、その拍子に、ふっと笑った。

「味噌がかびたり、梅干しが腐ったりした時は天災の前兆ですよ。わたしはそう思っております」

幸吉はそう続けると味噌樽の上を覆っていた渋紙を外した。それから「お、溜まりがかなりできている。大将、溜まり醬油は使いますかい」と長五郎に訊いた。

「ええ、もちろん」

長五郎も幸吉の横に立って味噌樽の中を覗いた。こげ茶色の味噌の周りにうまそうな醬油が滲み出ている。溜まりは、うま味が詰まっているので、味噌に掻き混ぜてなじませるのだが、あまり量が多い時は、少し取り除くのだ。

「少しですが差し上げますよ」

幸吉は鷹揚に言った。

「いただけるんですかい。でも、これは商売物にするんじゃないんですかい」

「いや、これは商売物にできませんので」

幸吉は、またきっぱりと言う。

「そいじゃ、お言葉に甘えて丼と杓子を持ってきますよ」

長五郎はあわてて見世に戻ると片口丼と杓子を持って来た。幸吉は器用に滲み出た溜まり醬油を掬って丼に入れてくれた。溜まり醬油は三合ほど取れた。

幸吉は溜まり醤油の始末をつけると、大きなへらで用意した樽に味噌を入れ始めた。長五郎はその様子を傍(そば)で見ていた。

「若旦那は味噌のことなら何んでもご存じなんでしょうね」

長五郎がそう訊くと「さあ、どうでしょう」と控え目に応えたが、味噌の仕込みは冬の寒仕込みと、春の花仕込みがおおかたで、夏は仕込みに適さないが、寒仕込みも花仕込みも夏を越さないと味噌にならないのだと教えてくれた。暑い夏が塩をなじませ、熟成を進めて風味をよくするという。

「信州屋に奉公なすったのは、味噌が好きだったからですかい」

「奉公となったら、好きも嫌いもありませんよ。口入れ屋(くちいれや)（周旋業）が二、三、話を持って来た時、お袋が味噌屋なら喰いっぱぐれがないから、信州屋にしろと言ったんですよ。他に呉服屋や両替商の話もあったんですが」

幸吉は手を動かしながら、律儀に応える。

「お袋さんのおっしゃったことは間違いなかったってことですね」

「ええ、まあ。住み込みだったんで、三度のめしは店で喰っておりましたが、味噌汁だけはうまかったですよ。わたしは漬物と味噌汁さえあればめしが喰えますので」

「味噌屋なら味噌汁がうまいのも道理ですよね」

「まあ、そうです」

幸吉はその時だけ、嬉しそうに笑った。長五郎も信州屋の味噌を使っている。煮干しだけのだしでも、こくのある味噌汁ができる。見世の客にも評判がよかった。

「やはり味噌に肝腎なのは豆ですかい」

長五郎は幸吉の手許を見つめながら訊いた。

「そうですね。うちは三河の豆を取り寄せております。三河はよい豆が穫れますから」

「信州じゃなくて？」

悪戯っぽい表情で訊くと「信州はうちの旦那の国なんですよ。江戸へ出て来て味噌屋を始める時に屋号を信州屋にしたそうです。豆は三河がいいです。三河の納豆も味がいいそうですよ」と応えた。義父のことを相変わらず旦那と呼んでいることからも幸吉の真面目さが察せられる。

幸吉はさほど時間も掛けず、五つの樽に味噌を移し終えた。

「若旦那。溜まりを頂戴したお礼と言っては何んですが、一杯飲んで行きませんか」

　長五郎は幸吉に酒を振る舞いたかった。

「いや、まだ仕事の途中なんで、酒臭い息をして帰ったら、何んと言われるか知れたもんじゃありませんよ」

「旦那とお内儀さんに叱られるんですかい」

「いや、旦那とお内儀さんは、身内になったわたしにうるさいことは言いませんよ。一緒に働いている手代と番頭の手前があります」

　幸吉は言い難そうに応える。

「なるほど。婿入りした若旦那に焼き餅を焼いているんですかい」

「………」

　幸吉はそれ以上、喋らなかった。

「そいじゃ、いつでもいいですから、店を閉めた夜にでも寄って下さいよ。うちは夜中でもやっておりますんで」

　改めて誘うと「ありがとうございます」と幸吉は丁寧に礼を言った。

　大八車に載せた味噌樽の上に雨除けの合羽を掛け、幸吉は梶棒を握り締めて去って行った。婿養子になっても、色々気苦労があるのだなと、長五郎は幸吉を見送りながら思った。丼の溜まり醤油はうまそうな色をしていた。この醤油で刺身を食べたら、さぞかしうまいだろうと思ったが、鳳来堂では夏場に生ものを出さないので、それは諦めるしかなかった。

幸吉は鳳来堂にやって来るだろうか。遠慮深い幸吉のことだから、その可能性は少ないかも知れない。だが、もしもやって来たら、もう少し味噌の話を聞きたいものだと長五郎は思った。

その日の突き出しは何にしよう。その前に米を研がなければならない。汁も拵えなければならない。一人で見世を切り守りしている長五郎は見世を開けるまで、しなければならないことが山積みだった。

二

その夜、長五郎は幸吉から貰った溜まり醤油を使って青菜のごま汚しを作った。煎ったごまを丁寧に擂り、味醂と醤油を加え、そこに茹でた青菜を適当に切って入れる。ざっと和えれば、ごま汚しのでき上がりである。それを丼に入れて飯台の仕切り板の上に置いた。

その他に、鰯の煮付けときんぴらごぼう、油揚げの煮物などを拵えた。

五間堀の真向かいにある宗対馬守の中屋敷に務める浦田角右衛門が鳳来堂にやって来たのは夜の五つ（午後八時頃）を少し過ぎた頃だった。

浦田は見世の油障子を開けるなり「亭主、弔いの帰りである。清めの塩を頼む」と言った。

「へい」

長五郎は板場から塩瓶を取り上げ、慌てて浦田の傍に行き、紋付羽織の肩や前に塩を振った。浦田はそれを手で払いながら店座敷に上がり、たばさんだ両刀を傍らに置いて腰を下ろした。

「ぬる燗の酒と、何か肴を見繕ってくれ」

浦田は見世の客に値踏みするような眼を向けた後で言う。客は近くの三間町で瀬戸物屋をやっている主と、二人の連れだった。瀬戸物屋の主は何度か見世に訪れたことはあったが、二人の連れは初めて見る顔だった。話しぶりから同業のようで、その夜は寄合があった帰りに鳳来堂に立ち寄ったらしい。

長五郎は板場に入り、年季の入った銅壺に酒を入れたちろりを沈めた。

長五郎は作り置きのお菜をそれぞれ小丼に入れて、燗のついたちろりとともに浦田の前へ運んだ。

「どうぞ」

最初の一杯だけは酌をする。浦田は猪口の酒をひと口飲んで、ほうと息をついた。

「お弔いがあったんですかい」

長五郎は盆を胸に抱えた格好で浦田に訊いた。

「さよう。江戸詰めの朋輩が病を得て、ひと月ほど床に就いておったのだが、奴はお屋形様に申し訳ないと、自害してしまったのだ」

浦田はやり切れない表情で応えた。

「何も自害までなさらなくても……」

「まあな。したが、本人にすれば、はるばる国許から出て来たのに、お屋形様の御用ができないことを苦にしておったのだろう」

「お武家様でございますね」

長五郎はそんなことしか言えなかった。

「亡骸は茶毘に付して、国許へ届けることになった。妻女がさぞかし悲嘆にくれることだろう。昨年、子供が生まれたばかりだというのに」

「お辛いお弔いでございましたね」

「ああ、辛かった。したが、明日は何が起きるか知れたものではない。拙者も気をつけねばならぬ」

「さようでございます。浦田様もお国許に奥方様がおいでになるんでげしょう？」

そう訊くと、浦田のいかつい顔が、ぽっと赤くなった。

「三年前に妻を娶（めと）ったが、その一年後には江戸詰めを仰せつかり、早々に別居生活と相（あい）なった」

「奥方様はさぞお寂しい思いをなすっておいででしょうね」

「ふむ。度々手紙が届く。やれ、庭の梅が咲いただの、縁の下で野良猫が仔を産んだの、親戚の誰それが滑（すべ）ったの、転（ころ）んだのと……」

「滑ったの、転んだのとはおっしゃっていねェでしょう」

長五郎は苦笑した。

「なに、はしょって言ったまでのこと。全体、埒（らち）もないことばかりだ」

「それでも手紙は嬉しいものです。筆まめな奥方様ですから、お国許のご様子がよくおわかりになるでしょう」

「まあな。照れ臭いから、もう妻のことは訊くな」

浦田は恥ずかしそうに長五郎の問い掛けを制した。長五郎は、どうぞごゆっくりと言い置いて浦田の傍から離れた。

その内に常連客が一人、二人と訪れ、長五郎の仕事も忙しくなった。瀬戸物屋の客は酔いが回って来たようで、料理茶屋の扱き下ろしを始めた。やれ山谷の「八百善」はうまい料理を出すが、とんでもない料金を請求されるだの、深川の「平清」は板前が変わったせいで最近は味が落ちただの、日本橋・浮世小路の「百川」はどこがいいのかわからないだのと、利いたふうな口をきく。三つの料理茶屋は江戸でも一流どころの見世だった。

まあ、酔いにまかせて言いたいことを言う客は多いので、長五郎は、さして気にしなかった。だが、六間堀の「かまくら」の名が出た時、さすがに聞き捨てならない気持ちになった。かまくらの主は鳳来堂の客であるし、子供の頃から親しくしている友人でもあったからだ。

「先代がいた頃は、そりゃあ気の利いた料理を出していたが、今の主になってからはいけないねえ。宴会に出す料理だっておざなりで、吸い物はぬるいし、おまけに湯を飲んでいるようでさっぱり味がしない。あそこは法事でもっているようなもんだよ」

左官職の梅次（うめじ）が振り向き、三人の客を憎々しげに睨んだ。長五郎は目顔で梅次を制した。

しかし、それまで静かに酒を飲んでいた浦田は「客人、この見世でかまくらの悪口を並べるのはいかがなものかの。かまくらの亭主はこの見世の亭主と昵懇（じっこん）の間柄で、ちょくちょく、ここへも顔を出している。少し言葉を控えて貰いたい」と諭した。武士には逆（さか）らえないと思ったのか、三人は殊勝（しゅしょう）に「申し訳ありません」と謝った。

噂をすれば何んとやらで、その後でかまくらの主の友吉（ともきち）がやって来た。梅次は張り切って、「かまくらの旦那」と声を上げると、三人の客はぎょっとした顔になり、そそくさと勘定を済ませて出て行った。

「これは浦田様。お久しぶりでございます。その後、お変わりなくお過ごしのようで」

友吉は如才なく浦田に挨拶すると「ご一緒してよろしいですか」と訊いた。浦田が仕える対馬府中（つしまふちゅう）藩の中屋敷は五間堀の傍にあり、宴会があると六間堀のかまくらを使うことも多い。友吉はその縁で浦田とも顔見知りだった。

「おお、一人で退屈していたところだ。そちが話し相手になってくれるのは嬉しい。一緒に飲もう。亭主、酒を」

浦田は機嫌よく酒の催促をした。浦田はまだ二十六歳の若者だが、貫禄があり、長五郎より年下とは思えなかった。老成したもの言いをするせいかも知れない。

「ところで、今、出て行った客の顔を覚えているか」

浦田は手許のちろりを友吉に勧めた。友吉はこくりと頭を下げて、猪口に受けた。

「瀬戸物屋の伊勢(いせ)屋さんでしたか。確か三間町にお店(たな)があったと思いますが」

友吉は自信なさそうに応える。

「さよう。そちの見世のことを噂しておった」

浦田がそう言ったので、長五郎は内心ではらはらした。いやな話は友吉に聞かせたくなかった。

「どうせ、いい話じゃねェでしょう。先代の頃はよかったが、倅(せがれ)の代になったらさっぱりだとか」

だが友吉は、くさくさした表情で言う。

「ほほう、存外に勘が鋭いな」

浦田は愉快そうに笑った。

「その手の話なら、さんざん聞かされて耳に胼胝（たこ）ができておりますよ。親父の片腕だった板前が年のせいで見世を退（の）いてから、客に出す料理の味は確かに落ちております。腕のいい板前は一流の見世に流れて、うちの見世なんざ見向きもしません。何んとかしなければと思っているんですが、これがなかなか……」

友吉の表情が曇った。

「しかし、ただ腕をこまねいているだけでは埒は明（あ）かぬ。かまくらは、そちだけの見世ではない。奉公している料理人や客の接待をする女中の暮らしもあることだし」

「浦田様、どうしたらよろしいでしょうか」

「どうしたらとな？　それを武士に訊くとは筋違（すじちが）いもはなはだしい。しっかりせんか」

浦田は少し荒い口調で友吉に言った。

「旦那。それほどかまくらは困っているんですかい。こちとら鳳来堂でめしを喰うのが精一杯で、とても旦那を助（す）けることはできやせんが」

梅次が気の毒そうな顔で口を挟（はさ）んだ。

た。

「梅さん、ありがとよ」

友吉は弱々しい笑みを浮かべて礼を言った。

長五郎は燗のついたちろりを運ぶと「友さん、何んとかしましょうよ」と言った。

「どうしろと？」

友吉はぎらりと長五郎を睨んだ。

「板前や他の料理人とよく話し合い、客に出す料理の献立を新たに考えるんですよ。先代の頃はよかったと客は言いますが、本当に先代の頃の料理を出しても、今の客にうけますかね。十年前は、ご馳走と言えば活きのいい刺身か鯛の尾頭つき、それに酢の物、煮物をつけたら格好がついた。いや、今でもそれは膳に載りますが、客は昔とは比べものにならないほど眼が肥え、口が肥えています。通りいっぺんの料理じゃ満足しなくなっているんですよ」

それが居酒見世をしている間にわかった長五郎の感想だった。浦田は「そうだな」と静かに相槌を打った。

「うちの見世の料理が時代遅れと言いたいのか」

友吉は思わず気色ばんだ。

「そうは言いませんが、かまくらの宴会に訪れる客は出てくる料理におおよそ見当がついているようです。だから意表をついて驚かせなきゃ」

「簡単に言うない。居酒見世と料理茶屋は違わァな」

友吉はむくれて、勢いよく酒を呷った。

「かまくらの板前に少し工夫が足りぬような気がする。板前の他に料理人はどれほどおるのだ」

浦田はふと気づいたように訊く。

「追い回し（料理人の見習い）を入れて六人おります」

友吉は渋々応える。

「それでは板前以外の料理人に拵えてみたい料理を訊ねるがよい。よさそうだと思うものを拵えて、皆で味見し、味がよければ客に出すのだ」

浦田は名案を出したが、友吉は「とんでもねェ。そんなことをした日には、板前は臍を曲げますよ」と応えた。

「それでは、いつも客に出す料理を見世の者に味見させ、本当にこれでいいのか確かめてみることだ。ああ、味見するのは板場の人間だけでなく、見世の番頭やお運びの女中も加えろ。それで結果がわかる」

「ですよねえ」

梅次は浦田に阿（おもね）るように相槌を打った。友吉はすぐにそうするとは言わなかったが、何やら思案するふうではあった。

浦田は半刻（約一時間）ほど過ごすと、門限を気にして帰って行った。後には梅次と友吉が残された。梅次は浦田の姿がなくなると安心したように友吉の傍に来た。

「旦那もてェへんだね」

「同情してくれるのか、梅さん」

「もちろんですよ。こちとら心配と言えば銭のことばかりだが、旦那は見世を切り守りしなきゃならねェ。気苦労も相当なもんだと察しておりやす」

「おれだって梅さんと同じよ。銭のことがいっち頭から離れねェ。このままじゃ、かまくらも早晩、傾いてしまうだろうよ」

「それほど切羽詰まっているんですかい」

梅次はつかの間、真顔になった。

「友さん、やっぱ、板場を梃子（てこ）入れしなきゃなりませんよ。この際、板前の機嫌を取ることは後回しにして」

長五郎もそう言わずにいられなかった。

「だな」

友吉は肯いて、大きなため息をついた。

鳳来堂の見世の中が重い雰囲気になった時、油障子が控えめに開き、縞の着物を着た男が遠慮がちに入って来た。外はまだ雨が降っており、男は番傘の雫を落とすと「大将、お言葉に甘えてお邪魔しますよ」と低い声で言った。

信州屋の幸吉だった。

「若旦那、来てくれたんですかい」

長五郎の声が弾んだ。

「旦那とお内儀さんが親戚の家に行ったんですよ。今夜は向こうに泊まることになり、うちの奴がたまに息抜きして来いと言ってくれたんで、さっそくやって参りました」

幸吉はもごもごと言う。長五郎が誘ったその夜の内にやって来るところは、前々から鳳来堂に気を引かれていたのかも知れない。だが、気軽に鳳来堂の暖簾を掻き分ける勇気がなかったようだ。女房に息抜きして来いと言われて、ようやくその気になったのだろう。

真面目な幸吉に長五郎はほほえましい気持ちがした。

「あれ、信州屋の兄さん。しばらくだねえ」

友吉も幸吉の顔を見て気軽な言葉を掛けた。

「これはかまくらの旦那。いつもご贔屓(ひいき)いただいております」

幸吉は慌てて頭を下げる。知った顔に声を掛けられて、幸吉は嬉しそうだ。

「なになに、こっちこそ、いつもうまい味噌を届けて貰ってお世話になっておりますよ」

友吉も如才なく応えた。

「大将、これ土産です。去年の春に仕込んだ味噌です。味見して下さい。結構、うまく行ったつもりですが」

幸吉は携(たずさ)えた包みを長五郎に渡した。

「いいんですかい、商売物を」

「だから、味見ですよ。うちの者だけでうまいうまいと思っても、実際、客の口に入った時は別の感想もありますからね」

「そいじゃ遠慮なく」

長五郎は板場に入ると、使っていない蓋(ふた)つきの瓶を出し、その中に味噌を入れた。渋紙についた味噌を舐めると、まろやかなうまみがあった。長五郎はそれで味噌の握りめしを拵えようと思った。

幸吉に酒と肴を出すと、長五郎は手早く味噌をなすりつけた握りめしを五つばかり作った。それを大皿に載せて出すと、梅次が歓声を上げた。

「懐かしいなあ。味噌の握りめしは、子供の頃、お袋がよく拵えてくれたもんだ」

「どれどれ」

友吉も手を伸ばす。ひと口食べると「うまいねえ。こんなうまい味噌の握りめしは初めて喰ったよ」と、お世辞でもなく言った。

幸吉は嬉しそうに笑った。

「若旦那、ちょうど今、かまくらの見世のことで話をしていたところです。どうも見世の料理が客にうけなくなっているようなんですよ。何かよい知恵はありませんかね」

長五郎は幸吉に言ってみた。幸吉の考えも聞きたかった。

「わたしは根っからの味噌屋で、料理茶屋の料理にあれこれ口出しする立場でもございませんよ」

幸吉は遠慮した言い方をする。

「そいじゃ、かまくらのことで何か気のついたことはありませんか」

「わたしがかまくらにお邪魔したのは、一年前の寄合の時でした。旦那がどうしても抜けられない用事があったので、代わりにわたしが出席したのですよ。わたしは貧乏人の生まれですから、料理は何も彼も珍しくて、うまかったですよ」

「周りの人もうまそうにしておりましたかい」

長五郎が突っ込んで訊くと、友吉は「もう、よせ」と制した。これ以上、自分の見世の噂は耳にしたくないというふうだった。

「そう言えば、大伝馬町の老舗の『松代屋』の旦那は、このわた（海鼠の内臓の塩辛）に箸をつけただけで、他の料理は、ほとんど手つかずでした。わたしは腹が減っていないのだろうと思いましたが、宴がお開きになった後、お仲間と連れ立って深川の平清に向かったようでした」

幸吉がそう言うと、友吉は長い吐息をついた。

「友さん、やっぱり何かしなけりゃなりませんよ。松代屋さんとそのお仲間は、かまくらの料理に不満らしいですから」

長五郎は早口に言う。幸吉は「わたしは松代屋さん達が不満だとは言っておりませんよ」と、慌てて言った。

「わかっておりますよ、信州屋さん。おれの見世の料理は、この味噌の握りめしにも及ばないってことだ……まてよ。味噌で何かできないかな」

友吉は思案する顔になった。

「なめものと呼ばれる料理には味噌を使ったものが多いですよ。葱味噌、牛蒡味噌、径山寺味噌などがあります。突き出しにはいいでしょう」

幸吉は笑顔になって言う。

「それから、料理の最初と最後は辛口の酒がいいと思います。料理を食べている途中は甘口の酒が合います」

幸吉は続ける。幸吉は味噌だけでなく酒にも通じている様子だった。友吉は、その拍子にすっと腰を上げ「長、帰るぜ」と言った。何か思いついた様子でもあった。

幸吉は友吉が出て行くと「大将、わたしは余計なことを言ってしまいましたかね」と、心配そうに訊いた。

「そんなことはないですよ。かまくらの旦那は若旦那の話から何かひらめいたんでしょうよ」と応えた。

「それならいいんですが。やあ、今夜は久しぶりによく喋って、何か胸が清々しました。来てよかった」

幸吉が嬉しそうに言った。幸吉は青菜のごま汚しと鰯の煮付けで二合の酒を飲み、梅干しの茶漬けを平らげて帰って行った。長五郎が幾らお代をいらないと言っても、幸吉はそうしなかった。また寄せていただきますよ、と鷹揚に笑うばかりだった。

三

四つ(午後十時頃)を過ぎて、芸者の駒奴(こまやっこ)が紅色の傘を差して鳳来堂を訪れた。

「まだ降っておりますかい」

長五郎は手拭いを差し出しながら訊いた。

駒奴の肩先が少し濡れていたからだ。

「ああ、降っているよ。梅雨の季節はいやだねえ。胸の中までかびが生えそうだ」

駒奴はそう言って、手早く着物の濡れたところと素足を拭き、店座敷に上がった。その夜はそれほど酔っているように見えなかった。

「お酒はもういいや。茶漬けを拵えておくれ」

駒奴は着物の裾を捌きながら言った。今夜は薄紫色のひとつ紋の着物だった。裾に秋草の柄が入り、大層涼しげに見えた。

「へい」

長五郎は茶を淹れて出した後で板場に入り、茶漬けの用意を始めた。

「今夜のお座敷はどちらだったんですか」

長五郎は焼き冷ましの塩鮭の身をほぐしながら訊いた。

「六間堀のかまくら」

駒奴はぶっきらぼうに応える。

「さっきまでかまくらの旦那がここにいらしたんですよ」

「へえ、そうかえ。しかし、あの男も最近は、とんと愛想がないよ。五つを過ぎると、客の見送りもしないで姿を晦ましちまう。こんな所で油を売っていたとはね。まあ、お内儀さんができた人だから客はさほど頓着していないようだが」

「かまくらは客の入りも、もうひとつのようですね」

「まずい料理ばかりじゃ客がつかないのも道理さ」

駒奴は容赦なく言う。瀬戸物屋の客の話は、あながち大袈裟でもなかったようだ。

「姐さんも味見して、そう思いましたかい」

「味見なんてするかえ。芸者は客の料理に決して手を出さないものだ。お酒は別だが」

「それじゃ、どうして」

「客が膳の肴を残しているからさ。召し上がらないのかと訊くと、それはこの間喰って、味はわかっていると、にべもなく応えたよ。うまかったら箸をつけるじゃないか。まずいから手を出さないのさ」

「………」

長五郎は黙って丼にめしをよそい、ほぐした塩鮭の身をまぶした。それから刻んだ三つ葉と浅草海苔をちぎって載せた。濃い目に淹れた煎茶を注ぎ、おろしわさびをちょいと添える。漬物の小皿と一緒に駒奴の前に運んだ。

「ありがとよ。宴会料理より、わっちにはこれがご馳走さ」

駒奴は嬉しそうに笑う。

「かまくらの旦那は板前に遠慮して、言いたいことも言えないようなんですよ」

長五郎はため息まじりに言った。

「あそこの板前は大お内儀さんの親戚筋の男だそうだ。年も五十を過ぎていて、かまくらの旦那よりかなり年上だ。なまじ八百善で修業していたものだから、旦那も面と向かって文句が言えないのさ。八百善ではこういう流儀ですと口を返されたら、黙るしかないじゃないか」

「しかし、客にうけないんじゃどうしようもねェでしょう」

そう言うと、駒奴は愉快そうに笑い声を立てた。

「大将がずばりと言っておやりよ」

「言いましたよ。旦那は何か策を考える様子でしたが、あの人のことだから、どうなることやらと心配しているんですよ」

「かまくらがどうなろうと、大将の知ったことでもないだろうに」

駒奴は小意地悪く言う。

「友さんはおいらのダチです。ダチが困っているのに平気じゃいられませんよ」

「存外、情け深いのだね」

「かまくらが潰れたら、姐さんだって実入りが少なくなります。他人事のように言わないで下さい」

長五郎は、つい癇を立てた。駒奴はそれ以上何も言わなかった。

「お茶をもう一杯。それと煙管を貸しておくれな」

茶漬けを食べ終えると、駒奴は、低い声で言った。

「はい……」

長五郎は茶を淹れた湯呑を運び、煙草盆を駒奴の前に差し出した。駒奴は煙管に刻みを詰めると、火鉢の火で一服点け、白い煙を吐いた。

「わっちだって、かまくらのことは案じているんだよ。だが、見世の方針に、たかが芸者があれこれ口を挟めるものかえ。決めるのはかまくらの旦那とお内儀さんさ」

駒奴は醒めた表情で言う。

「わかっています」

「かまくらの旦那はまだ若い。確か大将と同い年だそうだね」

「ええ」

「親の見世を持ち続けるのは容易じゃない。色々なことがあるだろうよ。多分、かまくらの旦那にとっちゃ、今が正念場だと思うのさ。見世を守り切れるか、それとも潰すかのね。大将の場合はどうだろう。古道具屋はやめてしまったが、めし屋にして屋号は残したから」

「おいらは古道具屋を持ち切れませんでした。しがないめし屋をするのが精一杯でした。幾らダチでも、かまくらとうちの見世とは比べものになりませんよ」

「まあ、それもそうだ」

駒奴は灰吹きに煙管の雁首を打って灰を落とした。それから帯を探って紙入れを出すと、茶漬け代の十八文を出した。今夜はさほど実入りがよくなかったようで祝儀はつけてくれなかった。

「ご馳走様」

駒奴は腰を上げて土間口に向かい、傍に立て掛けていた傘を取り上げる。

「提灯をお持ち下さい」

長五郎は慌てて言った。

「褄を取って傘を差した上に提灯じゃ、ろくに歩けやしないよ。足許は暗いが、所々、お店の軒行灯もともっているから大事ないよ。ああ、前に借りた提灯はその内に返しにくるよ」

「お気遣いなく。提灯なら売るだけありますんで」

「太っ腹だね。大将のそういうところがわっちは好きさ」

駒奴は、にッと笑って帰って行った。その夜は、他の客が現れそうになかった。雨が客の出足を鈍らせているのだろう。夜鷹（よたか）のおしのも客がつかずに困っているだろう。客がつかなければ、おまんまにありつけない。それでも長五郎に縋（すが）って只めしを恵んで貰うことをよしとしない女だ。

駒奴の傘から垂れた雨の雫が土間に丸いしみを作っていた。長五郎はしばらくの間、ぼんやりとそれを見つめていたが、やがて駒奴の使った丼や小皿をのろのろと片づけ始めた。


翌日の午前中は薄陽（うすび）が射していた。今日こそは晴れるだろうと思っていたが、午後になると雲が出てきて、また雨になった。長五郎が魚屋と乾物屋へ仕入れに行って戻ると、見世の前に七、八歳ぐらいの少年が立っていて、何んとなく見世の中を窺（うかが）っている様子だった。

肩上げをした縞の着物に薄茶色の前垂れを締めたお店（たな）の小僧のような感じに見えた。

「何か用かい」

背中から声を掛けると、少年はびくっとして振り向いた。痩せて、ろくに肉のついていない身体をしているが、利かん気な表情をしていた。

「ここは鳳来堂かい」

「そうだ」

「和泉屋の駒奴姐さんから提灯を届けるように言われた」

少年はぶっきらぼうに応える。言葉遣いがなっていない。お店奉公をしているなら、もっと丁寧な言い方をするものだ。

「そいつはご苦労だったな。駒奴姐さんによろしく伝えてくれ」

長五郎もぶっきらぼうに応え、少年の手からふたつの小田原提灯を受け取った。

少年はすぐに帰るかと思ったが、興味深い様子で鳳来堂の佇まいをしみじみ眺めている。

「用が済んだら帰ェんな」

長五郎は油障子を開けながら言った。

「ここはめし屋かい」

少年はおずおずと訊く。

「そうだ」

「おっちゃん、ここは高いのけェ？」

（おっちゃん？）

長五郎はまだ若いつもりでいたので、少年におっちゃんと呼ばれて面喰らった。

「高くはねェよ。普通だ。何かい、お前ェが客になろうと言うのかい」

「悪いかい」

「悪くはないが、この見世は昼間はやっていねェんだ。餓鬼（がき）が気軽に立ち寄る所じゃねェよ」

長五郎はそう言ったが、少年は「夜の何刻（なんどき）からやっているのよ」と、怯（ひる）まず訊く。

「そうさなあ。暮六つ（午後六時頃）過ぎ辺りだな。その頃は、お前ェも晩めしにありついているだろう」

長五郎は早く少年を追い払いたかった。仕入れした物の下拵（したごしら）えをしなければならなかった。

「おいら、晩めしを外で喰うことが多いのよ。近所に蕎麦屋と一膳めし屋はあるが、さほどうまくねェ。それで、うまいめし屋を探していたところさ」

「おっ母さんは作ってくれねェのかい」

つかの間、長五郎は少年に同情する気も起きた。

「おっ母さんは夜にお座敷があるから、晩めしの仕度なんざできねェよ。台所の女中はお内儀さんと番頭さんの晩めしを拵えるが、夜は酒のあてのようなもんばっかしよ。それでおっ母さんは銭をよこして、外で喰えと言うんだ。だが、波銭（四文銭）が五つばかりじゃ、大したもんは喰えねェよ」

「生意気を言う。何が喰いてェのよ」

「普通のもん」

「普通って何んだ」

「白いおまんまとおつけ、それに焼き魚と漬物があればいい」

「………」

「よう、おっちゃんの見世は、そういうもんは出さねェのかい」

「おっちゃんって言うな。おいらはまだ三十前だ」

少年は、はっとしたように肩を竦め「兄さん」と言い直す。

「それでいい。ここはめし屋だ。お前ェのお望みのものは出せるだろうよ」

「ありがてェ」

少年は大人びた口調で言い「今夜、来るよ」と続けた。

「お前ェの名前ェは？」

「長松」

「へえ、おいらは長五郎だ。ついでにおいらのてて親は音松という名前ェだ」

「何やらご縁があるね。そいじゃ、またあとで」

　少年は手を振って去って行った。少年の後ろ姿を眺めている内、長五郎は落ち着かない気持ちになった。長松は駒奴が借りた提灯を返しに来たのだから、芸妓屋「和泉屋」にいるのだろう。母親は芸者をしているらしい。

　長松は和泉屋に厄介になりながら、使い走りをしているようだ。もしかして、長松の母親はみさ吉だろうか。そんな気がしきりにした。駒奴はそれを承知で長松に小田原提灯を届けさせたのだろうか。みさ吉の産んだ子供は長五郎が父親である可能性もある。それはみさ吉に確かめていないので、はっきりしたことではなかったが、もしもそうだとしたら、自分はどうしたらいいのかと長五郎は悩んでいた。夜鷹のおしのは、なるようにしかならないから、そっとしておけと言っていたが、長五郎は男として気が済まなかった。

　長松がやって来るのだと思うと、長五郎は卵を買いに行った。子供の喜びそうなお菜を考えた時、すぐさま厚焼き卵が頭に浮かんだ。

十個から十二個の卵を割り、砂糖、酒、だし汁、塩、醤油を加え、八寸角の鍋でじっくり焼く。焼きたてはもちろん、冷めても味がなじんでうまい。長五郎は焼きたてよりも冷めた方が好きだった。厚焼き卵は母親のお鈴もよく拵えてくれたものだった。

それから蒲鉾の煮付け、塩気を少し抜いて焼いた塩鮭、青菜のごま汚し、汁は豆腐と油揚げ。それに漬物だ。

長五郎は張り切っていた。

四

いつもより早い暮六つ過ぎに長五郎は暖簾を出した。長松はすでに外で待っていた。

外は相変わらず雨が降っている。長松は和泉屋の屋号の入った番傘を差していた。長松の横に番傘を差した少年がもう一人いた。長松より首ひとつも背が高い少年である。

「ダチを連れて来たのかい」

そう訊くと、長松は「うん。惣助ってんだ。おいらよりひとつ年上よ。背が高けェから十二ぐらいに見られるけどね。鳳来堂でめしを喰わないかと誘ったら、すぐに乗ってきた」と、笑いながら応える。

惣助ははにかむような顔でぺこりと頭を下げた。おとなしい性格らしく、長松のようには喋らない。

「お前ェも和泉屋にいるのけェ?」

そう訊くと、惣助はこくりと肯いた。

「入ェんな。お前ェ達が今夜の口開けの客になるようだ」

長五郎は二人を中へ促しながら言う。

「そいじゃ、もてなしてくんな」

長松の言葉に長五郎は思わず苦笑して鼻を鳴らした。

二人を板場に近い所に座らせ、まずは茶を出した。それから鮭を焼いている間に、四角い盆をふたつ用意し、厚焼き卵、青菜のごま汚し、漬物の小皿などを並べる。二人は興味深そうに見世の中を見回していた。

汁を温め、丼にめしを盛る。鮭が焼き上がると皿に移し「おィ、できたぜ。運ぶの手伝いな」と、二人に言った。二人は嬉しそうに飯台の仕切り板から盆を取り上げ、そろそろと店座敷へ運んだ。

「卵焼きだ」

長松は感歎の声を上げる。それから「いただきま〜す」と両手を合わせて二人は箸をとった。しばらくは、ものも言わずにぱくついていた。長五郎は飯台の腰掛けに座り、煙管を吹かしながら二人の様子を見ていた。うまいかどうかを訊くまでもない。喰いっぷりを見ればわかる。長五郎は久しぶりにほのぼのとした気持ちになった。うまそうにめしを喰う子供を見るのはいいものだと思いながら。

「兄さん、めしのお代わりは幾らだい」

またたく間に丼を空にして長松は訊く。

「めしは何杯喰ってもいいぜ」

「だけど、おいら達、二十文しか持っていねェよ」

長松は、つかの間、不安そうな顔になった。

「お前ェ達は十六文ずつでいい」

「本当かい、兄さん。惣助、よかったね」

長松は相好（そうごう）を崩し、惣助に相槌を求める。

惣助も嬉しそうに肯いた。

二人が二杯目のめしを食べていた時、鳶職の宇助が二人の子供を伴って現れた。男の子と女の子で、男の子は長松と同い年ぐらいに見える。女の子はまだ五歳ほどで、宇助にぴったりと寄り添っていた。

「今夜はなぜか餓鬼の集まりになったようだな」

宇助はそんなことを言った。家出していた女房がようやく宇助の許に戻ったという。だが、子供連れで鳳来堂に来たところをみると、またぞろ女房は出て行ったのだろうか。

「今夜は嬶ァの実家に法事があってよう、嬶ァは下の娘と一緒に向こうへ泊まるのよ。めしの仕度も面倒だし、ちょいとここへ来る気になった」

宇助は先回りしたように続けた。

「やあ、そうですか。ちょうど卵焼きを拵えましたんで、よかったですよ」

長五郎は安心して応えた。宇助に冷や酒を出し、子供達には長松達と同じ物を出した。

宇助の息子は長松と惣助が気になるようで、ちらちら視線を二人に向けていた。

「お前ェ、泰蔵だな」

長松はぶっきらぼうに声を掛けた。泰蔵と呼ばれた宇助の息子はこくりと肯いた。

「今、何をしているのよ。手習所にでも通っているのか」

「おいら、お父っつぁんにくっついて鳶職の見習いをしている」

泰蔵はおずおずと応える。くっきりした二重瞼の泰蔵は宇助とあまり似ていない。泰蔵は母親似なのだろう。すると、長松の表情が気になり、長五郎はまじまじと見た。みさ吉の面影をその顔に重ねたが、似ているのかそうでないのか、よくわからなかった。

「泰蔵、顔見知りなら、そっちで一緒に喰いな」

宇助は泰蔵の背中を押すように言った。泰蔵は引っ込み思案の性格らしい。

「いいかい、そっちに行っても」

泰蔵は長松に伺いを立てる。いいよ、と気軽な返答があり、長五郎もほっと胸を撫で下ろした。知らねェよと、そっぽを向かれたら、宇助の手前、具合が悪い。時間が経つ内に笑い声も洩れるようになった。宇助の娘は宇助にぴったりと寄り添って、兄貴の傍には行こうとしなかった。

長松と惣助は、めしを食べ終えても泰蔵とお喋りに夢中で帰る様子を見せなかった。

左官職の梅次や酒屋「山城屋」の信吉も現れ、いつもの顔ぶれが鳳来堂に揃うと、長五郎は子供達ばかりに構っていられず、魚を焼いたり、煮物を出したり、仕事に没頭していた。

やがて宇助が「さて、そろそろねんねの時刻だ。泰蔵、引けるぜ」と、声を掛けた。

「え？　もう？」

泰蔵は不満そうだ。もっと長松達と話がしたい様子だった。

「お君の眼がとろんとしているんだよ。ささ、名残り惜しいだろうが、またこの次にしな」

宇助は娘のお君に下駄を履かせながら言った。泰蔵は渋々「またな」と二人に言った。

宇助は勘定をする時「やけに安いじゃねェか。大将、間違ってねェか」と訊いた。

「子供は十六文ですので」

「鳳来堂には餓鬼値段があるのけェ」

「ええ。子供から儲けるつもりはありませんから」

長五郎は鷹揚に応えた。

「そういうことなら、これからも餓鬼どもを連れて来られるな」

「よろしくお願い致しやす」

長五郎は勘定を受け取ると、お君の頭を撫でた。お君はいかにも眠そうな眼をしていた。

「そろそろお前ェ達も引けた方がいいんじゃねェか。おっ母さんがお座敷から戻って姿が見えねェと心配するぜ」

宇助親子を見送ると、長五郎は長松と惣助に言った。

「兄さん、まだ時刻は早いだろうが」

長松は不満そうに言葉を返した。

「何言ってる。五つをとっくに過ぎているぜ」

そう言ったのは酒屋の信吉だった。二人は顔を見合わせ、はっとした表情になった。

慌てて勘定をしていた時、油障子ががらりと開いて駒奴が鬼のような形相で入って来た。

「何刻(なんどき)だと思ってるんだえ。おっ母さん達は心配しておろおろしているよ。言うことを聞かないと、納戸に押し込めるよ」

駒奴の剣幕に二人は甲高い悲鳴を上げ、外へ飛び出して行った。

「すみません。ちょうど鳶職の宇助さんの倅もいたんで、三人で盛り上がってい たんですよ。もう少し早く帰すつもりだったんですが、おいらも手が離せなく て」

長五郎は二人を庇うように言った。

「いいんだよ、大将が気を遣わなくても。芸妓屋に寝起きしているものだから、 あいつら、夜は放っとかれて、本当は可哀想なんだよ。鳳来堂で晩めしを喰った と知れたら、惣助の奴、みさ吉にこっぴどく叱られるだろうよ」

駒奴はため息の交じった声になる。

「姐さん、みさ吉姐さんの倅は惣助なんですか」

長五郎は驚いて駒奴をまじまじと見た。

「ああ、そうだよ。大将、ひと目見てわからなかったのかえ。みさ吉とよく似て いたじゃないか」

「………」

駒奴は呆然とした長五郎に構わず店座敷に上がり、信吉の隣りに腰を下ろした。

「飲みねェ」

信吉は駒奴の手に猪口を持たせ、気軽に徳利の酒を注ぐ。今夜の信吉は冷や酒を飲んでいた。

「ありがと、若旦那」

駒奴は媚びた眼をして酒を受ける。長五郎は板場に入ると、大きく息を吐いた。みさ吉の息子が長松ではなく、惣助であったとは思いも寄らなかった。惣助はおとなしくて、もっぱら聞き役に回り、時々、はにかんだような笑みを見せるだけだった。あれがみさ吉の息子だったとは。自分に似ているとは思えなかった。ほっとしたような、がっかりしたような複雑な気分だった。だが、駒奴は惣助が鳳来堂でめしを喰ったと知れたら、みさ吉が惣助をこっぴどく叱るだろうと言っていた。それは惣助が鳳来堂に行くことをよく思わないからだろう。自分と訳ありだった男と息子を会わせたくないという理由もあろうが、それだけだろうか。みさ吉の考えていることは今の長五郎には皆目、見当がつかない。十年という過ぎた年月が改めて長いものだったなと思う。

その夜も夜鷹のおしのは、とうとう現れなかった。

本所二ツ目のやっちゃ場（青物市場）から仕入れをして戻った振り売りの男達が朝めしを摂りに訪れると、鳳来堂の長い夜はようやく終わりを告げた。雨も上がっていた。

暖簾を下ろすと、辺りに朝靄が立ち込めていた。目の前の五間堀も白い靄に覆われ、まるで水墨画のような風情だった。

長五郎はつかの間、そんな風景に見惚れた。

その時、下駄の音が六間堀の方向から聞こえ、何気なくそちらを見ると、惣助が手に植木鉢を持ってやって来るところだった。

「ゆんべは……ごっそうさんでした」

気後れした表情で言う。本当に背が高い。

あと二、三年もしたら長五郎の背丈を超えるだろう。

「よく寝たのけェ？　やけに早起きじゃねェか」

「少し眠いけど、大丈夫です」

「おっ母さんに叱られたのかい」

長五郎は心配していたことを訊いた。

「遅くなったので怒られましたが、鳳来堂でめしを喰ったことは別に……」

別に何んだろう。言葉が足りない。みさ吉はどう思ったのか訊きたかったが、惣助は携えた植木鉢を持ち上げ「うちのおっ母さんは縁日に行くと、決まって目についた植木を買うんですが、すぐに飽きて放ったらかしにしちまう。ゆんべ、ここへ来た時、兄さんは上手に草花を育てていたんで、もしかして、これも生かせるんじゃねェかと思いまして。それで、鳳来堂は朝までやっていると長松が言っていたんで出かけて来ました」と、言った。

惣助が持っていたのは枯れ掛けた万年青の鉢だった。

「万年青が好きなのけェ？」

冗談交じりに長五郎は訊いた。

「好きって訳じゃねェですよ。花も咲かない陰気な草だけど、このまま枯らすのがどうにも気になって」

「そうだな。生きているんだからな」

そう言うと、惣助は、はっとしたような顔になり、ついで大きく肯いた。自分の言いたいことを長五郎が代わりに言ってくれたという表情だった。

「根が大丈夫なら、その内に元気を取り戻すだろう。何かい、この鉢は寝泊りしている部屋に飾っていたのけェ？」

「ええ、窓框に置いていました。時々、水をやっていたみたいですが、おっ母さんは忘れっぽいから、気がついた時は枯れているんですよ。捨てるのはいつもおいらの役目です」

「毎度そうなら、気も滅入るな」

「そうです」

「わかった。どうなるかわからねェが、ちょいと手を入れてみるぜ」

「恩に着ます」

「こんなことで恩を感じることはねェよ。そうだ、こっちの鉢を持って行きな。なに、万年青は幾つかあるからよ」

長五郎は傍らに置いてあった万年青を取り上げた。

「いいんですかい」

「ああ」

「おっ母さん、喜ぶと思います」

「おいらから貰ったと言わなくてもいいぜ」

「なぜ」

「なぜでも」

「昔、ちょいとお前ェのおっ母さんと喧嘩してよ、仲直りしていねェからさ」

長五郎は取り繕うように言った。

「うちのおっ母さんを知っていたんですか」

「ああ。みさ吉は……みさ吉姐さんは和泉屋で下地っ子をしていたし、おいらの家は、ここで古道具屋をしていたから、近所のこともあって、よく知っていたんだ」

「世間は狭いですね」

惣助はようやく笑顔を見せた。昨夜は気がつかなかったが、笑うと八重歯が覗く。

「そいじゃ、これで。ゆんべの卵焼きはうまかったです」

惣助は万年青の鉢を持ってぺこりと頭を下げた。

「また、寄りな。いつでも十六文でいいからよ」

「ありがとうございます」

惣助はそう言って去って行った。

長五郎は惣助の後ろ姿を長いこと見送っていた。それから枯れ掛けた万年青の前にしゃがんだ。枯れた葉を取り除くと、ほとんど何も残らなかった。しかし、鉢から根を引き出すと、根は生きていた。植え込みの土を新しい鉢に入れ、そこに万年青を植えた。うまく根がついてくれるだろうか。みさ吉が買った万年青だ。枯らしたくなかった。

植木鉢の始末をつけると、額に汗が滲んだ。

その汗を手の甲で拭うと、朝靄はいつの間にか消え、雲の隙間から一条の光が五間堀に射している。

これからどうなるのだろう。長五郎はぼんやり思う。惣助と出会う機会があったということは、亡き両親の思し召しだろうか。そんな気もする。惣助が持ち帰った万年青の鉢を窓框に飾り、それを眺めるみさ吉の白い顔もぼんやり頭に浮かんだ。

だが、長五郎はつかの間の感傷をすぐに追い払った。これからのことはともかく、今日という日は続く。とり敢えず、燻り臭い自分の身体をどうにかしたい。そう思うと、長五郎は板場へ戻り、隅に置いてあった湯桶と手拭いを取り上げた。湯屋へ行くためだ。

油障子を雨戸で覆い、長五郎は近所の湯屋へ向かった。空はまだ雲が懸かっていたが、雨の落ちる様子はなかった。

そろそろ梅雨は明ける頃だろう。油照りの夏は、板場は地獄だ。それでも梅雨の季節よりましだ。

長五郎は晴れの日が好きな男だった。

深川贔屓（びいき）

一

その年の夏はひどく暑かった。本所五間堀で居酒見世「鳳来堂」を営む長五郎も暑さに往生して、仕入れも滞りがちだった。振り売りの魚屋、青物屋、それにいつも届けに来てくれる豆腐屋から買った品物でお茶を濁す日々が続いた。もっとも、この暑さだから、火を使った料理は客も喜ばない。冷奴、冷汁、枝豆、茄子の漬物などが人気の献立となっている。夏ばてして、西瓜しか喉を通らないと冗談でもなく言う客もいた。

そんな中で、近頃頻繁に顔を見せるようになった丈助という鳶職の男だけは、やけに元気だった。

丈助は二十五、六の若者で、何んでも六間堀の堤が崩れ、その補修工事のために、しばらくこちらに通うことになったという。丈助は深川の島崎町に住まいがあり、まだ女房のいない独り者だった。たまたま六間堀の近くに伯父夫婦がいて、毎日、島崎町からこっちに通うのも骨だろうから、仕事が済むまで泊まれと言われたらしい。丈助はその申し出をありがたく受けたが、伯父夫婦はどちらも還暦近い年なので、晩めしを食べ終えると早々に床に就く。若い丈助は暮六つ（午後六時頃）を過ぎたばかりの時刻から蒲団へ入る気になれない。それで近所をぶらぶらしている内、鳳来堂に気がついたらしい。

「よそが店仕舞いしようとする頃に暖簾を掛けて、それで朝まで見世をやってるってんだから、大将も相当変わっているね」

初めて見世に訪れた時、丈助はそう言って笑ったが、おいらみてェな宵っ張りにゃありがてェ見世だわな、と世辞を言うことも忘れなかった。丈助は、男前とは言い難いが愛嬌のある顔をしている。鳶職を生業にしているせいで、身体に無駄な肉がついておらず細身だった。鳶職は、普段は道路工事や大工の普請現場の足場掛けなどの外仕事が多いが、町火消しの御用も引き受けている。すわ火事となったら身拵えして火事場に駆けつけるのだ。火消し御用をしていることは丈助の誇りでもあった。そんな丈助が意気地と張りを身上とする深川に住んでいるのは、ある意味、肯けるというものだった。

堤の工事が済めば、いずれ鳳来堂から足は遠のくのだが、短い間でも毎晩通ってくれる丈助は長五郎にとってありがたい客だった。

その夜も口開けの客は丈助だった。左官職の梅次は最初の内こそ人見知りして丈助には声を掛けずにいたが、いつものように仕事を終えて鳳来堂の暖簾を掻き分けると、先にいた丈助が「兄さん、お疲れ」と、梅次をねぎらった。それに気をよくした梅次は、にッと笑って丈助の傍（そば）に腰を下ろした。梅次はようやく丈助と打ち解ける気持ちになった様子である。

「お前ェ、鳶職けェ。なら、宇助（うすけ）という鳶職のことを知ってるけェ？」

梅次は気軽な調子で訊（き）いた。宇助も鳳来堂の常連客の一人だった。梅次は新顔との共通の話題を引き出そうとしていた。

「宇助さん？　ああ、口を利いたことはねェが、確か七番組の平人（ひらびと）でしたね。おいらは壱（いち）番組ですよ。同じ深川を縄張にしているから、まあ、仲間と言ってもいいですね」

江戸の町火消しはいろは四十八組と定められているが、本所と深川は、それとは別に十六組の特別編成となっている。

丈助の前には茹（ゆ）でて塩を振った枝豆の丼（どんぶり）が出ていた。めしは喰ったから、酒のあては簡単なもんでいいと言った。簡単なもんも何も、その時の鳳来堂には手の込んだ料理など用意していなかったのだが。

丈助は莢（さや）を前歯でしごきながら枝豆を食（は）み、冷酒を啜（すす）る。梅次は冷奴に茄子の漬物を注文した。

「宇助は深川の鳶職だったのけェ。おれはまた、本所だとばかり思っていたよ」

梅次は初めて気づいたという表情で応える。

「兄さんのヤサ（家）はどこなんで？」

丈助は改まった様子で梅次に訊く。

「おれのヤサ？　この見世の裏手の北六間堀町よ」

「なら、兄さんのとこも深川だ」

きっぱりと言い切った丈助に、梅次は眉間に皺を寄せた。

「おれは手前ェの住んでいる所を本所と思っていたんだが、深川だったのけェ」

「五間堀の南は深川になるんですよ。深川は本所より粋でいいでしょうが。本所ってのは、どうも野暮ったくていけねェよ。何んたって深川が一番でさァ。深川八幡の祭りにゃ、おいらも張り切って神輿を担ぐのよ。お天道さんの陽射しを浴び、おいら達は汗だくよ。見物人は、わあわあ騒ぎながら水を撒く。その水もたちまち湯気となっちまう。神輿が八幡さんに到着するとね、辰巳芸者衆は境内で手古舞いを披露するのよ。いつものお座敷着じゃねェですよ。頭は男髷、着物の片袖を外し、派手な襦袢を見せ、下は伊勢袴よ。おまけに手甲、脚絆に草鞋履きだ。手には錫丈と、『ふかがわ』となぞり書きした扇子を持ち、背中には花笠を括りつけている。その芸者衆が神輿担ぎで格別の働きをした男達に何々さんを褒めやんしょ、と揃って声を掛けてくれるんでさァ。おいら、手前ェの名前ェを呼ばれた時、大袈裟でもなく、このままおっ死んでもいいとさえ思いましたぜ。また、神輿担ぎの後で飲む酒もこたえられねェ味だ。どうでェ、深川ってな、いい所でげしょう？」

丈助はうっとりした表情で滔々と語った。

梅次の反応はもうひとつだった。深川八幡の祭礼のことなら、今さら丈助に教えられなくても江戸の人間なら誰でも知っている。

それより梅次の興味は深川と本所の境界にあったようだ。

「そいじゃ、鳳来堂も深川になるのけェ？」

梅次は納得できない様子で丈助に訊いた。

「ん？」

枝豆を手にした丈助はつかの間、言葉に窮し、煤けた天井を睨んだ。

「北森下町は深川の内だが、五間堀は本所だからぎりぎりの線だな」

丈助は曖昧に応える。

「鳳来堂はどっちなんだ？　深川か？　それとも本所か？」

その時、見世の客は梅次と丈助だけだったので、長五郎も板場で二人の話に耳を傾けていた。梅次の疑問はもっともだった。鳳来堂の近所の人間は、小名木川を渡った南側が深川で、自分達の住んでいる所は本所だと思い込んでいるふしがあった。もっとも、小名木川と竪川との間の地域は深川と本所が複雑に入り組んでいるので、はっきりとわかっている者もそう多くないだろう。

長五郎も深川と本所の境界がどこにあるのか明確には知らなかった。ただ、父親に鳳来堂の場所を本所五間堀と言われて育ったので、今さら鳳来堂が深川だと言われても、梅次ではないが承服できないものを感じる。だが、それを丈助には言わなかった。逆らっても仕方がない。梅次も長五郎と同じ考えでいたらしい。丈助はその後も深川の自慢話をさんざん語った。いや、丈助の口から深川という言葉が出ない日はない。心底深川が好きな男なのだ。丈助が鳳来堂にひと廻り（一週間）も通った頃には、常連客は丈助のことを「深川贔屓」と渾名で呼ぶようになっていた。

六間堀にある芸妓屋「和泉屋」にいる長松と惣助は三日に一度は鳳来堂へや

って来る。

二人の母親は芸者をしているので、お座敷が掛かった夜は外で晩めしを食べることが多いのだ。長松は八歳で惣助は九歳である。食べ盛りの二人は暑さなど、ものともせずいつも旺盛な食欲を見せた。

二人がやって来ると、長五郎も自然に張り切ってしまう。塩引の焼いたもの、卵焼き、ひじきの煮物、茄子の味噌汁などを板場で大汗をかきながら拵えた。うまい晩めしにありつこうとやって来る二人を失望させたくなかった。

口開け早々にやって来た二人に晩めしを出し、ほっとひと息ついた長五郎は深川と本所の境界の話を持ち出した。

「惣助よう、手前ェの居所をちゃんと言えるけェ？」

長五郎がそう訊くと、惣助は怪訝な表情になって長松と顔を見合わせた。

「赤子じゃあるめェし、この年になったら居所ぐらいは誰でも承知してるわな」

応えたのは惣助でなく長松だった。長松は何を今さらという感じで丼めしを掻き込むのをやめない。箸を止めたのは惣助だった。

「兄さん、何んかありましたかい」

心配そうに長五郎を見る。色白で優しげな顔だ。見ようによっては母親のみさ、吉に似ていないこともなかったが、性格はまるで違う。

みさ吉は、自分の言いたいことをはっきり言う女だった。そして、こうと決めたら迷わない潔さもあった。いや、それはみさ吉と別れた後で長五郎が気づいたことだったが。

惣助が長五郎の息子であるかどうかは半信半疑だ。みさ吉がそれを認めない限り、本当のことはわからない。それでも惣助に対して長五郎は、よその子供とは違う感情を抱き始めていた。たとい、惣助が自分の息子でなくても、みさ吉とは思い合っていた仲だ。粗末にする訳がなかった。

「この頃、うちの見世に通うようになった客が、この近所を深川の内だと言ったのよ。おいらは本所と思い込んでいたから、それでお前ェ達に訊いてみただけよ」

「五間堀は本所だよ。六間堀は深川さ」

長松は当然という表情で口を挟む。

「そいじゃ、鳳来堂は本所でいいんだな」

長五郎は、ほっと安堵して吐息をついた。

「六間堀に面している菅沼様のお屋敷から南は深川になります。竪川沿いの亀井屋敷や松井町は本所ですよ。六間堀は深川ですけど、五間堀を境に本所と深川は分かれております。だから、鳳来堂は深川と言ってもいいし、本所と言っても構わない。人別（戸籍）を見れば詳しいことがわかると思いますけど」

惣助は聡いところを見せた。確かに要律寺門前町の隣りには菅沼織部正（新八郎）の武家屋敷がある。本所と深川の境はそこになるらしいが、長五郎はどうも釈然としなかった。

「人別は本所になっていると思うが……」

「なら、鳳来堂は本所だ」

長松はさして興味もないというふうに言う。

「深川だといやですか」

惣助は、また心配そうに訊く。

「別にいやという訳じゃねェが、今まで本所だと思っていたのに、いきなりここは深川だと言われても、どうも落ち着かねェ気分なのよ」

「どっちでもいいじゃねェか。深川でも本所でもよう」

長松はくさくさした表情で、半分残ったためしに土瓶の茶を注いだ。

「まあ、長松の言うようにどっちでもいいことだが……」

長五郎はため息交じりに応えた。

「いや、はっきり確かめたほうがいいですよ。曖昧にしているのはおいらもいやだ」

惣助はそう言った。

「へへえ、惣助は、やけにむきになるじゃねェか。それはあれか？　おっ母さんの旦那の家が惣助を引き取らなかったことも関係あるのかい」

長松が訳知り顔で言うと、惣助は顔色を変え、うるせェと怒鳴った。

「おお、こわ」

長松は悪戯っぽい表情で肩を竦めた。長五郎の胸がつん、つん、と疼いた。惣助は自分の父親のことで悩んでいるのだと思った。みさ吉の旦那は浅草の紙問屋「湊屋」の隠居だった。

隠居は息子に商売を渡した後、みさ吉と一緒に向島の別宅に移り住んだ。そこで惣助が生まれた。ところが、隠居が寄る年波に勝てず亡くなると、みさ吉と惣助は湊屋から僅かな金を与えられただけで向島の家を追い出されてしまった。その頃には、みさ吉の親はすでに亡く、頼るべき親戚もなかった。みさ吉は仕方なく古巣の和泉屋に戻り、惣助を育てながらお座敷に出る日々を送っていた。

惣助が隠居の子供ではないらしい、と言ったのは同じ和泉屋にいる駒奴という芸者である。

実の息子だったら湊屋の主は異母弟になる惣助の面倒を見るはずだ。そうじゃないから湊屋はすげなく二人を追い払ったのだと。しかし、そのことについて、みさ吉は固く口を閉ざしているようだ。

分別のついて来た惣助は母親の事情を察していたが、自分が隠居の息子でなかったら、誰の息子なのかと疑問が膨らんでいたらしい。みさ吉は恐らく、本当のことなど惣助に明かしていないだろう。いや、ばかなことをお言いでない、お前のお父っつぁんは湊屋のご隠居だよ、と言い聞かせていたのかも知れないが。

「長松、余計なことは喋るな。人には色々事情があるもんだ。そいつァ、惣助のせいじゃねェ。惣助のおっ母さんは息子を一人前にするためにがんばって働いているんだ。立派じゃねェか。世の中には手前ェの産んだ子供を捨てるひどい親もいるんだからな」

長五郎はそう言って長松を宥めた。

「兄さん。おいら、要律寺の山門に捨てられていたんだよ」

長松は醒めた眼をしてぽつりと言った。長五郎はつかの間、言葉に窮した。そんなこととは夢にも思っていなかった。長松の母親は増川（ますかわ）という権兵衛名（ごんべえな）（源氏名）の芸者だった。

でっぷりと太っていて、お世辞にも器量がいいとは言えない。しかし、座持ちのよさは和泉屋の芸者の中で一番だと評判になっている。また、その体格だから端唄（はうた）をうたう声量が並でない。お座敷で増川を名指しして呼ぶ客は少なくなかった。

「実の親が誰だか、とんとわからねェ。今のおっ母さんがお座敷の帰りにおいらに気づいて拾ってくれたのさ。その頃、おっ母さんは言い交わした男の子供を流して間もなかった。おまけにその男にも捨てられ、今日死のうか、明日死のうかと思い詰めていたんだと。それでおいらを拾ったのは神さんの思し召しだと考えて、お内儀（かみ）さんが反対するのも構わず、おいらを育てると意地を通したのよ」

長松は照れくさいような表情で言った。長五郎はこみ上げてくるものに抗し切れず、掌を口許に押し当てて咽（むせ）んだ。

「変な話をするから兄さんを泣かせてしまったじゃないか」

惣助は長松を詰（なじ）った。

「すまねェ、兄さん。おいら、兄さんを泣かせるつもりはなかったんだ。おいらが言いてェのは惣助の悩みなんて、大したことじゃねェ、親と呼べる人が一人でもいたらいいじゃねェかってこと」

長松は取り繕うように言う。

「そうだな。大したことじゃない。長松、ありがとよ」

惣助は笑顔で長松に言った。

「二人ともおっ母さんを大事にするこった」

ぐすっと水洟を啜って長五郎はようやく言った。二人はその時だけ殊勝に肯いた。それから、いつものように十六文ずつ払って帰って行った。

二

惣助と長松が帰った後で丈助が訪れ、ついで常盤町で酒屋「山城屋」を営む信吉が珍しく父親の房吉を伴って現れた。二人は夏物の紋付羽織の恰好だったので、どうやら何かの会合の帰りだったらしい。

房吉は長五郎の父親の親しい友人だった。

「小父さん、しばらくでした。お元気でしたか」

長五郎は店座敷に促しながら訊いた。

「ばかやろう。こう暑くっちゃ、お元気でなんざいられるかってんだ。おまけに酒屋組合の世話役の挨拶が長くてよう、座敷に四、五十人も詰め込んで、茶の一杯も出しやがらねェ。おれァ、今しもばったり倒れるんじゃねェかと気が気じゃなかったぜ」

房吉はぶつぶつと文句を言う。信吉が横で、堪えてくれというように長五郎へ目配せした。

「お疲れさんでした。お酒は冷やでいいですね」

「頼む」

信吉が代わりに応えた。湯呑になみなみと酒を注ぎ、枝豆の小丼を添えて運ぶと、房吉はすかさず「長よ、年寄りをもう少しいたわってくんな。まともに歯がねェのに豆が喰えるけェ」と、悪態をついた。そいつはおれが引き受ける、と信吉はすぐに言ってくれた。

長五郎は慌てて冷奴に晒し葱と鰹節を掻いたのを載せて運んだ。今度は黙って房吉は箸を取った。

昔は長五郎の母親の拵えたお菜を何んでもうまいと言ってくれた男だ。年寄りになると気難しくなるものらしい。

「酒はうまい」

そんな感想を洩らしたので、信吉は苦笑して鼻を鳴らした。酒は山城屋から運ばれて来るものだった。

「今夜は酒屋組合の寄合があったのよ。親父がご機嫌ななめなのは『かまくら』を使わなかったからさ。寄合が開かれる見世は得意先の料理茶屋になるが、得意先は幾つもある。それで今月がここなら、来月はあそこでと、お互い恨まれねェように見世を替えているんだが、今の組合の長はどうした訳か佐賀町の料理茶屋ばかり使いたがる。それで親父は肝が焼けてしょうがねェのさ」

六間堀のかまくらの主は鳳来堂の客であるし、長五郎の古くからの友人でもあった。おまけに主の友吉の死んだ父親も房吉にとっては親しい友人だった。友吉の父親は早くに亡くなっているので、房吉は、それから何かと友吉のことは気に掛けていた。

「友さんが聞いたら泣いて喜びますよ」

長五郎は房吉を持ち上げるように言った。

「おィ、かまくらてな、六間堀のかまくらけェ？　見世の構えだけ見りゃ、深川の平清に負けねェよ」

近くで飲んでいた丈助が口を挟んだ。「平清」は深川八幡の傍にある高級料理茶屋のことだった。

「誰だ、手前ェは」

房吉はぎらりと睨むように丈助を見た。

「名乗りが遅くなって申し訳ありやせん。手前、深川の壱番組におりやす丈助という者でさァ」

「鳶職か」

「へい。ご隠居は酒屋をしているそうですね。お店はこの近くですかい」

「常盤町だ」

房吉は仏頂面で応える。いいから、あっちに行け、という感じもあった。だが、丈助は構わず話を続けた。

「常盤町ですかい。なら、手前と同じ深川だ。ご隠居、以後、お見知り置きを」

丈助は、つっと膝を進めて房吉の傍に寄る。

「何が同じ深川よ。小名木川を越えたら、もはや本所の土地柄よ。おれァ、辰巳風てのが心底嫌れェだ。上っ調子で落ち着かねェわな」

房吉がそう言った途端、丈助は顔色を変え、爺(じじ)イ、もういっぺん言ってみろ、と声を荒らげた。長五郎は低く「あちゃあ」と呟いた。

よりによって、深川贔屓(びいき)の丈助に房吉は深川の悪口を言ってしまったのだからどうしようもない。信吉が慌てて房吉を制したが、房吉には通じなかった。その時、左官職の梅次が入って来たが、見世の中のただならぬ様子に出入り口の傍で突っ立ったままなりゆきを見ているだけだった。

「お前ェ、何カッカしてるのよ。おれが辰巳風が嫌れェと言ったのが、そんなに気に喰わねェのかい」

房吉は涼しい顔で言う。

「深川の悪口を言われたんじゃ、おれの男が立たねェよ」

「立たなかったら、横になってたらいいじゃねェか」

「何んだとう！」

今しも摑み掛からんばかりの丈助を長五郎と信吉は必死で止めた。

「くそおもしろくもねェ。おれァ、帰(け)ェる」

丈助はそう言って、鐚銭(びたせん)を店座敷に放り出して見世を出て行った。その時、梅次の肩にぶつかったが、丈助は謝りもしなかった。

「すまねェな、長」

信吉は面目ないという顔で謝った。

「いいんですよ。あの深川贔屓にゃ、おいらも閉口していたもんで」

「なに、あいつは深川贔屓と呼ばれていたのか」

房吉は今気づいたという感じで言った。

「だから、何度もやめろと言ったじゃねェか、全く」

信吉は舌打ちした。

「そんなこと知るけェ。だんびら（刀）携えた侍ェならまだしも、深川贔屓の鳶職にへいこらするこたァねェ。どこもかしこも無理やり深川にする了簡が気に入らねェよ」

呑気に応えた房吉に、梅次は声を上げて笑った。房吉の言う通りだと長五郎も思った。伊達に房吉は年を取っていない。久しぶりに長五郎は胸がすっとしたものだ。

四つ（午後十時頃）近くに駒奴と長松の母親の増川が訪れた。その頃には信吉と房吉はとうに帰り、見世には梅次と後からやって来た宇助がだらだらと飲んでいた。

「こいつはお揃いで」

長五郎は笑顔で二人を迎えた。

「増川姐さん、長松が贔屓にしている見世に一度行ってみたいと言ってたんでお連れしたよ。みさ吉姐さんも誘ったが、あの人は遠慮するってさ」

駒奴は上目遣いで長五郎を見ながら言う。

二人とも襦袢(じゅばん)が透(す)けて見える着物で大層涼しげだった。

「長松がお世話になってありがとう存じます。鳳来堂のごはんは、とてもおいしいって倅(せがれ)は喜んでおりますよ。これからもよろしくお願いしますね」

増川は如才なく挨拶した。額に玉のような汗が光っていた。十七、八貫（約六十四キロ〜六十七・五キロ）もありそうな体格である。店座敷に上がると、増川は扇子を取り出して盛んに顔を扇(あお)いだ。

「一杯飲むかえ、姐さん」

駒奴は誘う。そうだねえ、一杯だけいただこうか、増川はすぐに同調した。

「大将、お酒。冷やでいいよ。その後でお茶漬けは汗になるから、海苔のおむすびを拵えておくれ。中身は……姐さん、何がいい？」

「あたしは塩鮭のほぐしたのがいいよ」

「そうかえ、そいじゃ、塩鮭とおかかのおむすびをふたつずつ。姐さん、ひとつ取り替えっこしようね」

駒奴は子供のような口調で言う。

「ああ、大将、お土産用におむすびをふたつ追加しておくれ」

増川はふと気がついたように言った。長松が起きていたら食べさせるつもりなのだろうと長五郎は思った。駒奴も「姐さん、長松はとっくに寝ているよ」と言った。

「お土産はみさ吉の分さ。きっと喜ぶよ」

増川の言葉に駒奴の眉がすいっと持ち上がった。

「姐さん、それは余計なお世話だと思うけど」

駒奴はおずおずと言う。

「そんなことはないさ。惣助が晩ごはんを食べている見世の味がどんなものか気にしているはずだ。それにおむすびはおむすびだ。おむすびに何んの罪があるかえ」

増川の理屈はもっともだった。それに性格もおおらかだ。長松はよい母親を持ったものだと、長五郎はつくづく思った。

冷酒と枝豆を出した後で長五郎は握りめしを作り始めた。みさ吉は梅干しの握りめしが好きなことを覚えていた。駒奴と増川は冷酒を飲みながら、その日のお座敷の首尾をあれこれ語り出した。世の中の不景気と暑さで手にする祝儀も少ない様子である。

二人の話を小耳に挟みながら、何んの商売も大変なものだと長五郎は思っていた。やがて、酒を仕舞いにした二人は無心に握りめしにかぶりついた。長五郎は板場の腰掛けに座り、煙管(キセル)で一服点けた。

見世の油障子は開け放していたが、暑さは一向に衰える気配がなかった。首に手を当てると、じっとりと汗ばんでいる。いつになったら涼しくなるのかと気が滅入る。

ふと、見世の外に人影が動くのがわかった。

夜鷹(よたか)のおしのだと思ったが、おしのは鳳来堂に客がいる間は入って来ない。もう少し後になれば客は引けますよ、というつもりで出入り口に向かった。

案の定、おしのは見世の外に佇(たたず)んでいた。

「まだ？」

まだ客はいるのかとおしのは訊く。

「ええ、もう少し……」

「それじゃ、この次にするよ」

「待てませんかい」

「ええ……」

「でも、ヤサに帰っても喰いもんはねェんでしょう？」

「腹ぺこは慣れているから」

おしのは寂しそうに笑った。

「ちょっと待って下さい」

長五郎は慌てて板場に戻り、土産用の竹皮に包んだ握りめしを取り上げた。それを持って外に出ると、おしのへ押しつけるように渡した。

「大将、悪いけど、今は持ち合わせがないの。借りてもいい？」

悪びれた表情で訊く。

「いいですよ」

「ありがと……そいじゃ」

おしのは握りめしの包みを懐（ふところ）に入れて、そそくさと去って行った。中に入って、長五郎は慌ててふたつの握りめしを作った。駒奴達のところへ竹皮の包みを持って行くと「さっき、夜鷹がいただろ？　そいつも鳳来堂の客かえ」と、増川は訊いた。

「ええ、まあ。でも、すぐに帰りましたんで気にしねェで下さい」

「もしかしておしのという名前じゃないかえ」

増川は訳知り顔をしている。

「ご存じなんですか？」

長五郎は驚いて増川を見た。見事な二重顎だ。だが丸い眼と丸い鼻、おちょぼ口に愛嬌がある。今はともかく、若い頃はそれなりに可愛らしかっただろうと想像された。

「ご存じも何も、昔は羽織芸者（深川芸者）で鳴らした女さ。ただね、悪い間夫（まぶ）に引っ掛かって落ちる所まで落ちてしまったんだよ。惚れるってのも厄介なものさ」

増川はため息交じりに応える。駒奴はまだ握りめしを頬張っていたが、増川はすでに平らげていた。

「まかり間違えば、わっちもおしのの二の舞だったよ。長松がいたからそうならずに済んだけれどね」

そう続けた増川に、長五郎は「長松からお話は聞いておりました」と言った。

「あら」

増川はその拍子に眼を大きく見開いたが、すぐに「そんなこと他人様に話さなくてもいいのに、お喋りな子だこと」と、恥ずかしそうに下を向いた。

「おいらを親戚の兄さんのつもりで、気軽に打ち明けたんですよ。だからって、それを客に触れ回るつもりはありませんので、ご心配なく」

長五郎は増川を安心させるように言った。

「親戚の兄さんだって？」

駒奴が素っ頓狂な声を上げた。親戚の兄さんではなく、お前は惣助の父親になるだろうがと言いたかったらしい。およし、と増川は制した。どうやら増川は長五郎とみさ吉の事情を知っているようだ。

「それで、長松は姐さんのことを何んと言っているのさ。ありがたいとか、恩返しをするとか、言ってたかえ」と、駒奴は惣助の話を逸らして訊く。

「いえ。そういうことを口にするのは、もっと大人になってからでしょう。ですが、親と呼べる人が一人でもいればいいじゃねェかと惣助を慰めておりましたから、手前ェの母親は増川姐さんだけだと、心底思っているようです」

そう言うと、増川は襦袢の袖を引き出して目頭を押さえた。

「また、泣く」

駒奴は呆れたように言った。増川は泣き上戸らしい。

「まあね、長松は如才ない子供だから、これから幇間（太鼓持ち）でも何んでもできるだろうが、惣助はどうだろう。植木鉢をじっと見つめているばかりで陰気だったらありゃしない。みさ吉はこの先、惣助をどうするんだか。もう、九つだから、いつまでも和泉屋に置いとく訳にも行かないし……」

駒奴は茶を啜りながらため息交じりに言った。

「あの子はお店奉公したほうがいいよ。水商売には向かない」

増川は袂から桜紙を出すと、チンと洟をかんで言った。

「そうだねえ。でも姐さん、お店奉公って湊屋になるのかえ」

「まさか。みさ吉にも意地があるよ。情け容赦もなく自分達を追い出した湊屋に縋るものかえ」

増川は当然のように応えた。

「どうする、大将」

駒奴は試すように長五郎へ訊いた。

「どうするって、おいらに訊かれても……」

言いながら、少し離れた場所にいた宇助と梅次をそっと振り返った。二人には惣助のことをまだ知られたくなかった。増川は長五郎の気持ちを慮り、低い声で、「大将、わっちもみさ吉のことは何んとなく気にしているのだよ。ここだけの話、大将は惣助のことをどう思っているのだえ」と訊く。

長五郎は応えられず、つかの間、黙った。

だが唇を嚙み締めて「みさ吉姐さんがおいらに本当のことを打ち明けてくれたら、おいらも男だ。それなりに考えますよ。ですが、あの人は和泉屋に戻って来てからも、おいらに会おうとしません。むしろ避けているようなところがあります。惣助は何も知らないでしょう。おしのさんには、みさ吉姐さんには別の考えもあるらしいから、下手に手を出しては恨まれる、そっとして置けと言われました」と、ようやく応えた。

「ふん、夜鷹のくせに、利いたふうなことを言うよ」

駒奴は小意地悪く言う。

「およし。おしのさんの言う通りだよ。そうだねえ。今はそっとして置くのがいいかも知れないねえ。でも、惣助が気づいて大将に縋ったら、大将は見て見ぬ振りはしないってことだろ？」

増川は確かめるように訊いた。

「もちろん」

「それを聞いて安心した。どれ、引けるかねえ。今夜はぐっすり眠れそうだよ。大将、ありがと」

増川はこくりと頭を下げて勘定を支払った。

駒奴が、姐さん、それは駄目、割り勘にしようと言っても、増川は鷹揚な表情で首を振った。

三

鳶職の丈助は鳳来堂にやって来ると、相変わらず深川自慢を並べ立てる。鳳来堂の客は、それにも慣れっこになっているようだ。堤の工事もそろそろ大詰めを迎えていた。梅雨の頃に崩れた堤は赤土が剝き出しになっていたが、手直しされて、あらかた元の状態を取り戻している。

彌勒寺橋の傍にある対馬府中藩の中屋敷に務める浦田角右衛門が鳳来堂を訪れたのは、耐え難い暑さも一段落したような夜だった。

浦田は単衣を着流しにした普段着の恰好だった。外出する時は紋付羽織を着用する浦田であるが、さすがに夏の季節は藩も堅苦しいことは言わないらしい。

丈助は浦田がやって来たことにも気づかず、梅次を相手に例の深川自慢を盛んに語っていた。

「おいでなさいやし。しばらくお姿が見えねェんで、夏ばてしているんじゃねェかと心配しておりました」

長五郎は笑顔で浦田に言った。

「夏ばてはしておらぬが、この中、上屋敷から帳簿の整理を頼まれて、それに追われていたのよ」

浦田は藩で勘定方の仕事をしていた。

「それはそれはご苦労様でございやした。お酒ですね」

「うむ。冷やでよい。それから、飯台の上にあるのは何かの」

「へい。茄子の煮びたしと青菜のお浸しですよ」

「それじゃ、それも少しずつ持って来てくれ」

「承知致しやした」

長五郎が板場に戻り、小丼に茄子を入れ、青菜のお浸しには鰹節を掻いたものを載せた。

その間にも丈助の話が聞こえる。今夜の話題は木場だ。他国から運ばれて来る丸太は水を張った貯木場に保管される。川並鳶（かわなみとび）という職人が手鉤（てかぎ）を操（あやつ）って丸太の整備を行なっているという。仕事唄をうたいながら川並鳶が作業をしている景色は深川ならではのものだと、うっとりした声で語っている。

「そんなもんかねえ。おれァ別に何んとも思わねェがよう」

梅次はつまらなそうに応える。

「へい、お待たせしやした」

長五郎は酒と肴を載せた盆を浦田の前に差し出した。

「見掛けない客がおるな」

浦田はちらりと丈助を見て言う。

「へい、深川の島崎町から来ている鳶職ですよ。六間堀の堤の修理に駆り出されたらしいです。深川がぞっこん好きな男で、この辺りも深川の内だと言っております」

「そう言われたらそうだな。ここらは深川と本所の境に当たるからな」

浦田は冷酒をひと口飲み、茄子に箸をつけながら言う。

「浦田様のお仕えするお屋敷は本所になるんでげしょう」

「ああそうだ。五間堀も本所だが、北森下町は確か深川になるのだな」

「さいです。今までうちの見世が深川になるのか本所になるのか頓着していなかったんですが、あいつがやって来るようになってから俄に気になりましてね。何んでも、六間堀の菅沼様のお屋敷を境に深川と本所に分かれているらしいです」

「菅沼様か……」

浦田は低く呟いてまた酒を口に含む。

「お大名のお屋敷のようですが、それにしてはいつも門が閉じておりますし、仕えているご家来さんも少ないようですね」

長五郎は菅沼家の佇まいを思い出して言った。

「わしも詳しいことは知らぬが、あそこの先祖は、昔は目覚しい働きをした武将であった由。今川氏に仕えたという。今は子孫がお家を守っておるのだろう。そのお屋敷の横に、今は埋め立てられているが小さな堀があったそうだ。本所の町の整備が進むにつれ、その堀を境に深川と本所に分けられたらしい。その堀は境川（さかいがわ）という名で呼ばれていたそうだ」

　菅沼家の横は、今は暗渠（あんきょ）になっているが、堀があったと言われると、そうかもしれないと長五郎は思う。

「それじゃ、分けられたのはいつ頃のことなんですか」

「そうさなあ、元禄年間に本所深川の道役（みちやく）をしていた清水八郎兵衛（しみずはちろべえ）という男の拝領屋敷が本所弁天門前の南隣りにあった。道役は今で言うと町年寄に当たるのかのう。道役はその後、廃止されたり、また復活されたりを繰り返して、何度目かに復活された折、八郎兵衛は境川を埋め立て、自分の拝領地に入れることを本所奉行所に願い出たらしい。深川と本所が分かれたのは、それからだろう」

「それも元禄の頃ですか」

「いや、正徳三年（一七一三）と聞いているから、今から百年以上も前の話になるか」

　百年以上も、この辺りの人間は深川と本所の区別ができずにいたのだろうかと長五郎は思った。

「手前もうちの見世の客も、手前ェの住んでいる所をわかっちゃおりやせんでしたよ」

長五郎は苦笑交じりに言った。まさか、と浦田は本気にしない。

「本当ですって。手前だって五間堀の鳳来堂と親父から言われ続けて育ちましたんで、あの丈助という客に言われて面喰らっておりました」

「それは呑気なものだのう。しかし、よそでそのような話をすれば世間知らずだと笑われるぞ。もしも、もしもの話だぞ。まかり間違って自身番にしょっ引かれる羽目になった時、居所を正しく答えられぬ時は取り調べに手間取ることになる。そこのところは、よっく肝に銘じておけ」

浦田は重々しく釘を刺した。長五郎は、はっとして、それから殊勝に肯いた。いかにも自分は世間知らずであった。なぜかそれは実の息子をはっきりと確かめられないもどかしさにも通じているところがあると思った。

五間堀の鳳来堂はあくまでも通り名だ。居所の北森下町は深川の内になる。長五郎は鳳来堂を本所だと思いたがっていただけなのだ。

これではっきりと自分の気持ちに区切りがついたが、長五郎は意気消沈した。長五郎の気持ちも知らず、丈助は深川自慢を続ける。そんな丈助が長五郎は小面憎いと感じていた。

それから二、三日して丈助の仕事は仕舞いになった。明日は島崎町に帰るという夜、丈助は相手をしてくれた鳳来堂の客に一杯ずつ酒を振る舞った。それには客の誰もが喜んだ。さすが深川の鳶職だとおだてられ、丈助も相好を崩していた。

翌日は仕事もなく、島崎町に戻るだけなので、丈助はかなり遅くまで鳳来堂で飲んでいた。

お座敷帰りの駒奴が茶漬けを食べて引き上げても、丈助は名残り惜しいのか、とろんとした眼をして店座敷に座っていた。夜中の八つ（午前二時頃）を過ぎると、鳳来堂の客は丈助だけになった。

長五郎も板場の腰掛けに座り、うとうとしていた。もう少ししたら、本所のやっちゃ場（青物市場）で競りを終えた青物屋が朝めしを食べに訪れる。長五郎の仕事はそれが済んでからようやく終わりとなるのだ。

開け放した油障子から涼しい風が入って来る。ああ、いい気持ちだなあと長五郎は思っていたが、突然、丈助の「何しやがる！」という甲走った声に、はっと我に返った。十七、八の娘が丈助を加減もなく引っ叩いていた。

「娘さん、乱暴はいけねェ」

長五郎は慌てて止めた。

「放っといて。こうでもしなけりゃ、この男はわからないんだから」

娘はなおも拳（こぶし）を振り上げた。大柄で浅黒い肌をした娘である。だが、その瞳は涙に濡れていた。

「とにかく落ち着いて下せェ」

長五郎が必死で宥めると、娘は掌で顔を覆（おお）い、わっと泣き出した。

「丈助さん。いってェ、これはどうしたことですかい」

長五郎は怪訝な顔で丈助に訊いた。丈助は小鬢（こびん）の辺りを人差し指でぽりぽりと掻きながら「なあに、こいつはなじみの一膳めし屋の娘でさァ。ちょいと六間堀の仕事に手間取り、無沙汰が続いていたんで、ここまでのこのこやって来たんですよ」と、面倒臭いような口調で応えた。

「のこのこって何よ。人をばかにして。うちのお父っつぁんに祝言の話をするのがいやで、それで逃げていたんじゃない。卑怯者！　それに何よ。自分は深川以外の見世には足を踏み入れないっておいて、ここは本所じゃないの」

娘は涙だらけのぐちゃぐちゃの顔で大声を張り上げた。

「ここも深川だ」

そう応えた丈助の声に力がなかった。

「あら、理屈を言う。五間堀が本所だと懇々と諭したのは、どこのどなたさんだったかしらねえ。見なさいよ、外を。目の前は五間堀だ。ここは本所五間堀の見世なのよ」

娘は決めつける。長五郎はその拍子に、ふっと笑いが込み上げた。

「娘さん、名前は何んと言いなさる」

長五郎は優しく訊いた。

「みねです。丈助さんと一年前から祝言の約束をしてました。でも、いつまで経っても、この人はうちのお父っつぁんに、あたしを嫁にしたいと言ってくれなかったんです。仕舞いにはうるさがって、仕事を理由にあたしを避けていたんですよ。そんな実のない男はすっぱり諦めたほうがいいと、あたしも決心しました。それでも、本所のお見世に毎晩入り浸っていると聞いて、頭に血が昇ったんです。それで、夜中に家を飛び出してここまで来たんです。途中、野良犬に吼えられたりして、とても怖かった」

おみねはそう言って、また涙ぐんだ。

「お前ェ、どうするつもりだ」

長五郎は地の言葉になって訊く。丈助はそっぽを向いて応えなかった。

「おみねちゃん、あんたの言う通り、こんな深川贔屓の野郎なんざ、すっぱり諦めたほうが身のためかも知れないよ。そうだよ、それほど深川が好きなら、おいらの見世に来ることもなかったんだ。ここは本所五間堀の鳳来堂で、深川じゃねェ。この見世に深川の匂いのする物はひとつもありゃしねェんだからな」

「大将……」

丈助は驚いて長五郎を見る。

「北森下町が深川だと、大将も納得していたじゃねェか」

「あいにくだな。居所は北森下町でも鳳来堂は本所五間堀で通っている。今さら深川を名乗るつもりはねェよ。お前ェみてェな深川贔屓でもあるまいし。それに、お前ェは島崎町のヤサに帰る男だ。もう、鳳来堂とも縁が切れた。とっとと帰ェんな」

長五郎は冷たく言い放った。

「そうけェ……そういう了簡でいたのけェ。わかった。ようくわかった」

丈助は懐の紙入れから銭を取り出し、店座敷に放った。それからぷりぷりして見世を出て行った。

「すまなかったな。どれ、茶でも淹れよう」

長五郎は慰めるように言った。おみねは俯いて何も言わない。もう、これで丈助とはお仕舞いだとわかったのだろう。丈助を宥めるべきだったが、その気もないのに無駄なお愛想をしても、むしろおみねにとっては酷なことだ。諦めるなら早いほうがいい。若い内なら幾らでもやり直しができる。

茶の入った湯呑をおみねの前に差し出すと「旦那さん、ありがとうございます」と、おみねは礼を言った。

「今年の夏はとても暑かったけど、あたし、あまり感じていなかった。丈助さんのことばかり考えていたせいね」

おみねは薄く笑って続けた。

「おみねちゃんのようないい娘に思われて、本当はありがたいと思わなきゃいけねェのに、あの野郎は、ちっともわかっちゃいなかった。きっと後悔するはずだ」

「あたし、少し気が晴れました。これから済んだことをくよくよせず、やり直します」

おみねは決心を固めて言った。おみねが茶を半分ほど飲んだ頃、暖簾の前に人の気配があり、丈助がおずおずと顔を出した。おみねを置き去りにすることができなかったらしい。

「おみね、送って行くよ。外はまだ暗いから」

消え入りそうな声も聞こえた。

「あたし、あんたのことは諦めた。だから構わないで」

おみねはすげなく断る。

「今日、親父さんに話をしに行くよ。それでいいだろう？」

「………」

「夜中にヤサを抜け出したんなら、帰ェった途端、親父さんに怒られるぜ。どう言い訳するのよ」

どうやら、おみねの父親はうるさい男のようだ。

「ぶたれるぜ。いいのか？　おいらが代わりにぶたれてやってもいいぜ。その覚悟はあるつもりだ」

丈助がそう言うと、おみねは驚いて長五郎を見た。

「旦那さん、あたし、どうしたらいい？」

長五郎は丈助に「本気なのか？　その場限りのお為ごかしは許さねェぞ。おみねちゃんは、ようやくお前ェを諦めようと決心したところなんだからな」と怒鳴るように言った。

「わかってるって」

いつもの丈助とはまるで違っていた。長五郎は、一緒に行きな、というようにおみねへ顎をしゃくった。おみねはとびきりの笑顔を見せて「旦那さん、お世話様」と応えた。

それから二人は夜明け前の薄闇の中に消えて行った。しばらくして、長五郎は外に出た。

二人の姿は見えなかったが、遠くの方で微かに笑い声が聞こえた。長五郎は大きく伸びをして「一件落着だな」と独り言を呟いた。

まだ暗い空には、星が瞬いていた。この星空の下を丈助とおみねは歩いていると思うと、長五郎は微笑ましい気持ちになっていた。

四

丈助が訪れなくなった鳳来堂は、どことなくもの寂しい気がした。時折、梅次が、あいつはどうしているだろうかと口にすると、おもしろい奴だったと周りの客も応えていた。

長五郎はおみねという娘のことを客に話さなかった。話せば、あんな男に惚れる娘がいたのかと、客はおもしろおかしく丈助のことを扱き下ろすに決まっている。だから、そっとして置きたかった。

丈助はおみねの父親とうまく話ができただろうか。それだけが長五郎の気掛かりだった。

耐え難い夏も終わり、鳳来堂の前にある植え込みから虫の音が聞こえるようになった。

見世の客が帰り、ふっと間が空くと、長五郎は外に出て虫の音に耳を傾けた。可憐な鳴き声に長五郎の気持ちは、つかの間、慰められた。

その夜も外に出て植え込みの前に立っていると「虫の音を聞いているのかえ。

風流なこと」と背中で声が聞こえた。

振り向くと夜鷹のおしのが立っていた。

「今は誰もいませんよ。寄って行きませんか」

長五郎は返事の代わりに言った。

「ありがと。でも、今夜は差し入れがあったから、お腹が空いていないのだよ。これ、この間のおむすびのお代」

おしのはそう言って、少し震える手で十六文を差し出した。

「お代はいいですって」

「いいの。大将に借りを作るのはいやだから」

「さいですか」

長五郎はさして遠慮せずに受け取った。そうすることがおしのの気持ちに応えることでもあった。

「もう秋ね。それで凍えそうな冬がやって来る。あたし、来年の春まで生きていられるかしらね」

「姐さん、縁起でもねェ」

「夜鷹の最期なんて、この虫のように儚(はかな)いものよ。ああ、夜鷹に限らないか。

人の命も儚いものよね。生まれた途端に死出の道行きを始めるのだから。大将、悔やまないように、しっかり生きるこった。そいじゃ……」

おしのはそう言って去って行った。おしのがどこに住んでいるか長五郎は知らなかった。

夜が更けると、堀沿いを歩いて、ちゅうちゅうと鼠鳴(ねずみな)きして男を誘うのだ。首尾よく客がついても、銭のおおかたは後ろにいるヒモに取られてしまう。晩めしにありつけないこともしばしばである。

長五郎がおしのを邪険にしないのは、おしのに徳のようなものを感じているからだ。分別もある。そういう女が夜鷹に身を落としてしまったのは、多分、ふとした気の迷いからだろう。魔が差したのかも知れない。人は弱い生きものだ。いつ、道を踏み外すかわからない。長五郎はそれをおしのから教えられたと思っている。もちろん、面と向かって、それを言ったことはない。言えばおしのを傷つける。二度と鳳来堂に足を向けないだろう。

だから何も言わない。黙っておしのを見守るだけだ。

しかし、おしのに会うと、ついため息をつきたい気持ちになる。その夜もおしのが去って行った後で、長五郎は短いため息を洩らした。虫の音は鳴りやまなかった。

四つを過ぎても新たに客が訪れる様子がなかった。長五郎は暇潰しに見世のあちこちを雑巾掛けした。夏の間、油障子を開け放していたので、知らない内に外からの埃が舞い込んでいた。普段は手をつけない棚の上や柱も丁寧に拭いた。水桶で雑巾を濯ぎ、堅く絞った後、汚れた水を外に振り撒いた。少し身体を動かすと、たちまち汗ばんでくる。まだ季節は夏の名残りを引きずっているようだ。額の汗を手の甲で拭った時、近くで人の気配が感じられた。

その通り、提灯の明かりがちらちらと揺れながら近づいていた。駒奴かと思ったが、どうも様子が違うような気がした。

「長五郎さん、ご無沙汰しております。いつも惣助がお世話になってありがとう存じます」

こもったような声が聞こえた時、長五郎の胸はどきりと音を立てた。みさ吉だった。

鳳来堂にやって来るとは思ってもいなかった。

「いえ……」

長五郎はろくに返事もできなかった。みさ吉は薄紫色の地に桔梗の花の柄の着物を纏(まと)い、左手で褄(つま)を取りながら小さく会釈した。

「これ、先日、おむすびを包んでいた手拭いです。もう少し早くお返ししたかったんですが。ああ、おむすびはとてもおいしかった」

提灯を持った窮屈な姿勢でみさ吉は懐から畳んだ手拭いを取り出した。手拭いに包んだ覚えはなかった。

「それは、おいらのじゃありませんよ」

「え？　でも鳳来堂の屋号が入っておりますよ」

みさ吉は意外そうな顔をした。何んだか別の女のように見える。痩せて牛蒡(ごぼう)のような身体だったのに、うっすらと肉がつき、頬もふっくらしていた。顔の表情も大人びている。無理もない。長五郎は十年ぶりにみさ吉に会ったのだから。

「その手拭いは親父が生きていた頃に贔屓の客に配ったもんでしょう。おいらがこの見世を始めてからは、手拭いを配った覚えはありませんから」

「あたしったら……」

みさ吉は早とちりしたことを恥じるような表情で下を向いた。

「増川姐さんの持ち物じゃありませんか。でなければ駒奴姐さんですよ」

「そうね」

みさ吉は慌てて懐に手拭いをねじ込んだ。

「それじゃ……」

そそくさと踵を返そうとする。

「送りますよ。夜道は危ない」

長五郎は慌てて言った。

「いいの。北ノ橋を渡れば、すぐだから」

北ノ橋は六間堀に架かっている橋だった。

「姐さん、訊きたいことがあります」

固唾を飲んで、長五郎はみさ吉を見つめた。

「何んでござんしょう」

「惣助は……おいらの倅になるんですかい」

長五郎の問い掛けに、みさ吉はつかの間、黙った。それから長五郎を上目遣いに見ながら口を開いた。

「どうしてそんなことを訊くの？」

「どうしてって、そんな気がしてならねェからですよ」

「思い過ごしですよ。おおかた駒奴が余計なことを喋っていたのね。そんな訳があるもんですか」

みさ吉は怒ったように言った。

「しかし、それなら、なぜ湊屋は惣助を引き取らねェんで？」

「それはあたしが惣助を育てると先様に言ったからですよ。引き離されるのはいやだったの。もう、あたしには惣助以外、身内と呼べる者はいなかったし」

「惣助をこの先、どうするつもりですか。お店奉公でもさせるつもりですかい」

「そうね、いずれはどこかに奉公させて、一人でも生きて行けるようになって貰いたいとは思っていますよ。でも、それは惣助次第ね」

「さいですか」

身構えていただけに、みさ吉にはっきりと自分の息子ではないと言われて、長五郎は気落ちしていた。

「でも、長五郎さんが居酒見世の主になるなんて思ってもいなかったですよ」

みさ吉は話題を変えるように言う。

「おいら、古道具屋をする才覚がなかったんですよ」

「質屋で長いこと修業しても？」

「質屋と古道具屋は同じように見えて、その中身は大違いですからね。親父の真似はできませんでした」

「長五郎さんのおっ母さんはお菜を拵えるのが上手だったから、おっ母さんのほうに似たのね」

「どうですかねえ」

長五郎は曖昧に応える。昔のように言いたいことが言えず、長五郎は次第に息苦しい気分になっていた。これが十年という年月のせいなのか。

「あら、虫が鳴いている」

みさ吉は、そこで初めて気づいたように植え込みに眼を向けた。

「ええ、毎年、秋になれば鳴いてくれますよ。おいらも虫の音を聞くのが楽しみなんですよ」

「こんな狭い所にも虫がいるのね。鈴虫かしら、松虫かしら。それとも蟋蟀(こおろぎ)かしら」

耳を傾けるみさ吉から、化粧のいい匂いが立ち昇っていた。その匂いを嗅ぐと、長五郎は切ない気持ちが込み上げた。

「何んの虫なんだか、おいらには見当もつきませんよ」

長五郎は低い声で言う。

「肩刺せ、裾刺せ、綴れさせ……」

みさ吉は呪文のように呟いた。

「何んですか、それは」

「蟋蟀はね、肩すそさせと呼ばれているんですって。そろそろ冬が近いから着物の綻びを直しておきなさいって、蟋蟀が鳴き声で人に知らせているんですって。俳句をひねるお客様から聞いたことだけど」

「……」

「あら、あたし、変なことばかり喋って、ごめんなさい」

みさ吉は我に返り、恥ずかしそうに頬を染めた。それじゃ、これで、お邪魔様、とみさ吉は頭を下げると、今度は本当に長五郎に背を向けた。

何か言いたかった。その名を呼ぶだけでよかったのかも知れない。だが、長五郎は何も言えなかった。遠ざかるみさ吉の後ろ姿を呆然と見つめているだけだった。

みさ吉は一度も振り返らなかった。虫の音は続く。

「肩すそさせ……」

呟いた蟋蟀の異名も虫の音に掻き消された。

秋はこれから深まる一方である。夏は深川驫屓の丈助とともに去って行ったようだ。

鰯三昧（いわしざんまい）

一

鰯の旬は、江戸では二度あると言われている。銚子辺りで「入梅鰯」と呼ばれる夏と、脂が乗ってくる冬である。しかし、節分には欠かせないと唱える者もいて、要するに四季を通じて庶民の食膳に上る魚だ。値段が安価であることも人々に重宝がられる理由である。

本所五間堀の居酒見世「鳳来堂」に鰯が持ち込まれたのは秋の気配を感じるようになって間もなくの頃だった。何んでも銚子沖で鰯が大漁となり、浜は祭りのような騒ぎだという。日本橋の新場の魚市場にもさっそく運ばれ、それを鳳来堂に出入りしている棒手振りの魚屋が仕入れたのだ。

新場は同じ日本橋にある魚河岸とともに江戸では有名な魚市場である。魚河岸が料理茶屋や武家屋敷相手の高級魚を扱うのに対し、新場には庶民向けの魚が並ぶ。特に新場の夕市は賑やかで、魚屋はすばやく仕入れて、晩めしの用意をする女房どもに売り捌くのだ。まさに時間との勝負の商いだった。「魚金」という棒手振りの魚屋も鰯の値段の安さに、つい欲が出て大量に仕入れてしまったらしい。

しかし、鰯の魚体は三寸（約九センチ）ほどと小ぶりで、脂もさほど乗っていない。案の定、女房どもは頭を取ったら食べるところがないと文句を言って、手を出す者が少なかったらしい。

日が暮れても魚金は大量の鰯が売れ残ってしまった。相場よりかなり安く仕入れても、それでは何もならない。鰯は足が速い魚である。翌朝にはすべて腐ってしまうだろう。困り果てていたところに鳳来堂の軒行灯が眼につき、魚金は切羽詰まって主の長五郎に泣きついたのである。

長五郎も最初はよほど断ろうかと思った。魚樽ひとつの鰯を買っても処理が手間だ。客に出す料理はすでに用意していた。しかし、魚金はこのまま持ち帰っても腐らせるだけだから、どうぞ引き取ってくれと、その場を動かなかった。長五郎は長年のつき合いもあることだし、ここで恩を売っておけば後で得になることもあるだろうと思い、渋々、引き取ることにした。魚金は魚樽ごと置いて行った。

魚金が帰っても、長五郎は店座敷の縁に腰掛け、煙管を吹かしながら、しばらく魚樽の鰯を見つめていた。背が紺青で腹が銀色の鰯はまだピンとして活きがよい。これが二、三十匹程度なら、すぐさま下拵えをして煮付けとめざしにするのだが、あまりに大量だと、どこから手をつけてよいのかわからなかった。

小鰯の煮付けは長五郎の母親もよく拵えていたが、それにしても鍋ひとつもあればお釣りがくる。鰯の量はその十倍もあった。

しばし呆然としていたところに六間堀で料理茶屋「かまくら」を営む友吉が風呂敷包みを提げて現れた。友吉は長五郎の友人であるとともに鳳来堂の客でもあった。

「長、顔見知りの百姓が茄子を届けてくれたからお裾分けに来たぜ」

友吉は満面の笑みでそう言ったが、土間にどんと置かれた魚樽に眼をみはった。

「どうしたこの鰯。煮干しでも拵えるつもりか？」

友吉は長五郎の横に腰を下ろして訊く。

「魚屋が無理やり置いて行ったんですよ。おいらもどうしたらいいか途方に暮れていたところです」

「相変わらず人がいいなあ。断りゃいいのによ」

「それはそうなんですが……」

「少し引き取ろうか。うちの見世の板前に相談して蒲鉾にでもすりゃ客に出せる」

「え？　蒲鉾ですか。それはどんなふうに拵えるんですか」

長五郎は気を引かれ、早口で訊いた。

「手前ェも喰いもの商売しているくせに知らねェってか？」

友吉は呆れた表情になった。

「蒲鉾の類は手前ェで拵えるより買ったほうが早いですからね。拵えようと思ったこともありませんよ。とり敢えず、生姜と鷹の爪を入れて煮付けにしようかと思っておりました」

「蒲鉾は鰯のすり身から始まったのよ。串に刺して焼いたんだ。それが蒲の穂に似ていたところから蒲鉾の名がついたらしい」

「友さん、物知りですねえ」

長五郎は感心した声になる。

「なに、死んだ親父の受け売りよ。親父は見世が終わった後、板場でよく蒲鉾を拵えていた。味見したおれがうまいと応えると満足そうに笑っていたよ。その時に蒲鉾の名の由来も教えて貰ったのさ。あの蒲鉾は本当にうまかったなあ」

友吉はしんみりした表情になった。長五郎と友吉の父親はすでに亡くなっている。長五郎は愛嬌のある笑顔を見せた友吉の父親の顔をぼんやりと思い出した。

それとともに、横でにこにこと相槌を打つ自分の父親の顔も。

あれから茫々と時が過ぎた。盂蘭盆や春秋の彼岸以外、滅多に思い出すこともなかったが、何かの折にふと、その顔や声が甦る。まさか鰯で父親を思い出すとは意外である。

「で、鰯は頭を取って、身は三枚に下ろすんだが、こいつはちいせェから包丁よりも指で中骨を外してから細かく刻み、すり鉢で擂るのよ。ああ、小骨は気にしなくていいぜ。それから裏ごしに掛け、まな板に載せて包丁で練るんだ」

友吉は思いを振り払うように蒲鉾の説明を始めた。友吉は十代の頃、板場で料理人達と一緒に料理を拵えていたことがあるので、それなりに知識があった。

「練る？」

「おうよ。この練りが結構難しい。粘りと腰を出すためだが、この加減が問題よ。練りが足りなくても駄目、練り過ぎりゃ、歯ごたえがなくなる」

話を聞いただけで長五郎の気分は萎えた。自分には無理だと思う。だが、友吉は心配するな、と笑った。母親譲りの細面だが、最近は父親とよく似てきたと思う。特に友吉が笑うとそれを感じた。

「練りができたらな、塩と酒をほんの少し入れ、つなぎに卵の白身を加えて混ぜるんだ。それから卯の花（おから）と合わせる」

「卯の花？」

「うちの板前はきらずと言うがな。鰯と卯の花の割合は、だいたい七対三だ。卯の花と合わせ、さらに練ったものを杉板にこんもり盛って蒸すのよ。最初は強火にして、色が変わったら中火にする。竹串で刺して中身がつかなくなったらでき上がりだ。冷ましてからよく切れる包丁を使うのがコツだ。切れねェ包丁だと、切り口がぼそぼそになる。だが、口に入れると、ざらりとしていながらとろけるような舌触りになるのよ。鰯とは思えねェ味だぜ」

友吉は涎を流しそうな表情で言った。卯の花を入れるので、練りに多少の不足があってもでき上がりに影響はないそうだ。

「おいらにできるでしょうか」

長五郎はおそるおそる訊く。

「まずはやってみな。新しい献立を考えるいい機会だ。手間を省かず丁寧に拵えりゃ、それなりのもんはできる。どれ、おれも見世があるからこれで引けるが、容れ物をよこしな。鰯を貰って行くぜ」

長五郎は慌てて板場から平たい桶を持って来て、そこに鰯を移した。桶一杯の鰯は友吉が一人で持って帰るには重過ぎた。

「かまくらまで運ぶのを手伝いますよ。どうせ豆腐屋に寄って卯の花を買わなきゃならないし」

長五郎はそう言った。いいのかい、と友吉は気の毒そうに訊く。

「いいですよ」

「そいじゃ、鰯の値は幾らよ」

友吉は懐の紙入れを探る。

「お代も結構ですよ。友さんが茄子を持って来てくれたんで、それでおあいこってことに」

「だけど、銭は出したんだろ？」

「ええ、三十二文ですけど」

「たはッ」

あまりの安さに友吉はまた驚いた声を上げた。それから二人で桶の両端を持ちながら六間堀のかまくらまで運び、帰りに長五郎は店仕舞い寸前の豆腐屋に飛び込んで卯の花を買った。杉板は蒲鉾の仕込みが終わった頃に近所の大工の家に行って分けて貰おうと算段した。

それから長五郎は脇目も振らず鰯の下拵えをして、先に鰯の煮付けを作り、その後で蒲鉾の仕込みに掛かった。

その夜、鳳来堂の客足が鈍いのも幸いして、五つ（午後八時頃）過ぎに左官職の梅次が現れた時には六本の立派な板蒲鉾ができ上がっていた。その内の一本は杉板を用意してくれた大工にやろうと心積もりしていた。

大工の嘉助は三十四、五の男で三間町の裏店に住んでいた。長五郎が声を掛けると、外に置いていた杉に鉋を掛け、のこぎりで手頃な大きさに切ってくれた。さらに切り口をやすりで磨いて滑らかにしてくれた。たかが蒲鉾板でも大層な手間を掛けてしまった。

代金を払おうとしたが、そこは太っ腹な大工職人で受け取ろうとしない。それで、でき上がった蒲鉾を届けることにしたのだ。

常連客がぽつぽつと現れた頃、長五郎は蒲鉾作りで疲労困憊し、口も利きたくないほどだった。だから友吉が持って来てくれた茄子には手が出せず、そのまま板場の隅の籠に入れっ放しにしていた。

二

苦労の甲斐があって板蒲鉾の評判は上々だった。左官職の梅次はわさび醬油で食べ、生まれて初めてこんなうまい蒲鉾に出会ったと言って長五郎を喜ばせた。かまくらの友吉はでき上がりを心配して、自分の見世を閉めた後に、いそいそと鳳来堂を訪れ、どうだうまいだろうと何度も訊いて梅次にいやがられていた。

四つ（午後十時頃）を過ぎた頃、芸者のみさ吉の息子が一人で鳳来堂にやって来た。いつもは長松という友達と一緒なので、長五郎は怪訝な思いがした。それに、やって来る時刻も、いつもより遅い。何か心配事でもあるのだろうかとも思う。

「一人なのけェ？　長松はどうした」

店座敷にしょんぼり座った惣助に長五郎は訊いた。

「あいつ、幇間（太鼓持ち）の師匠の家に弟子入りした」

惣助は下を向いてぽつりと応えた。一人になって寂しいのだと長五郎は思った。

「そうか。弟子入りする前に寄ってくれたら、晩めしを奢ったのによ」

長五郎は残念そうに言う。

「話が決まると、すぐに迎えが来て、慌しく行ってしまいました。兄さんによろしくと言付けを頼まれました」

惣助は低い声で応えた。

「お前ェ、晩めしは喰ったのか？」

「ええ、少し」

「蒲鉾を拵えたぜ。喰うか？」

「兄さん、蒲鉾まで拵えるんですか。すごいですねえ」

「なに、たまたまよ」

「うめェぞ」

ほろりと酔った梅次が口を挟む。その頃には友吉も帰り、見世には梅次と鳶職の宇助しか残っていなかった。

小皿に五片の蒲鉾を載せて差し出すと、惣助は相槌を打つように梅次へ笑顔を向けた。惣助はひょいと口に入れ「うまいですね」と言った。

「そうか……」

長五郎は相好を崩し、茶の入った湯呑も勧めた。

「実は兄さん、おいらも奉公に出ることになりました」

茶を啜って、惣助はぽつりと言った。

「奉公って、どこに」

「浅草の質屋です。見世のお客さんの紹介なんですよ。おっ母さんは前々から、おいらにお店奉公が合っていると考えていたんで、話が持ち上がるとすぐに決めてしまいました。長松の行く先が決まったんで、焦っていたんでしょう」

「何んという質屋よ」

「東仲町の菱屋という店です」

それを聞いて、長五郎は喉がぐっと詰まったような感じがした。「菱屋」は長五郎の伯父の店だった。もちろん、みさ吉はそれを承知している。菱屋だったから、みさ吉は迷うことなく惣助を奉公に出す気になったのだろう。

伯父の竹蔵はとうに亡くなり、今は娘のお菊が婿を迎えて商売を続けていた。

「菱屋なら心配いらねェよ。あそこはおいらも奉公していた店だ。というか、おいらの伯父さんの店なのよ」

「本当ですか」

惣助の表情に僅かに安堵の色が見えた。

「ああ、本当だ。伯父さんは死んじまっていないが、若お内儀のお菊ちゃんはおいらのいとこに当たるし、お内儀さんも義理の伯母さんになる。安心して奉公していいぜ」

「おいらにできるでしょうか」

「そいつはお前ェの精進次第だ」

「そうですよね。おいら、水商売は嫌いだから、堅気の商売に就きたいと思っていたんですよ。兄さんの伯父さんの店なら心配することないですよね。帰ったら、さっそくおっ母さんに知らせますよ。おっ母さんも安心するはずです」

「みさ吉姐さんは、とっくに承知してるよ」

長五郎はそっけなく言った。

「え？」

惣助は驚いた顔で長五郎を見た。

「どうして、兄さんはそんなことを言うんですか」

「前にも言ったはずだが、みさ吉姐さんとは餓鬼の頃からの顔見知りだ。おいらの家の事情もわかっている。もちろん、おいらが菱屋に奉公していたこともな」

「でも、兄さんはおっ母さんと喧嘩して仲直りしていないと言いましたよね。喧嘩相手が奉公していた店に、倅のおいらを奉公させますかねえ口から出まかせに言ったことを惣助はよく覚えている。惣助は、男の子にしては優しげな顔だ。伏し目がちになると睫毛が驚くほど長い。みさ吉によく似ていた。

「それはそれ、これはこれよ」

長五郎は苦しい言い訳をした。

「そいじゃ、おっ母さんは兄さんと喧嘩したことを、もう何んとも思っていないってことかな」

惣助は小首を傾げて思案顔した。

「それはどうかな。おいらはみさ吉姐さんの胸の内なんざ、わからねェよ。わかっていることは、お前ェの行く末を心底心配してるってことだ」

「そうですかねえ。おっ母さんはおいらを厄介払いするつもりじゃないですか。でかくなったおいらが和泉屋でうろちょろするのも目障りだし」

和泉屋は六間堀にある芸妓屋で、みさ吉と惣助はそこに住んでいた。

「そんなことはねェ。今まで、みさ吉姐さんはお前ェのことを可愛がってくれたんだろ？」

そう訊くと、惣助は曖昧に笑った。

「おっ母さんはその日によって心持ちがころころ変わる女なんですよ。お前がいなけりゃ生きて行けないって化粧臭い身体で縋りついて来るかと思えば、一人になりたいからあっちに行けと邪険にしたり……」

「女手ひとつでお前ェを育てて来たんだ。色々悩みもあっただろうよ」

長五郎は惣助から眼を逸らして言う。本当にみさ吉が辛い時に自分は傍にいてやれなかった。その後悔が強く長五郎を苛んでいた。

「でも、兄さんの親戚の店に奉公できるとわかったんで、おいらも少し安心しました」

惣助は明るい顔になって言った。

「そうけェ、それならよかった」

長五郎も笑顔で応えた。惣助は帰るそぶりを見せ、懐を探った。

「お代はいらねェよ。気を遣うな」

「すんません」

惣助はぺこりと頭を下げた。蒲鉾を一本持たせようかと思ったが、長五郎はやめた。お座敷帰りのみさ吉に惣助が蒲鉾を差し出す図は、どう考えてもいただけないと思ったからだ。

「それじゃ。奉公に出る時は改めて挨拶にきますよ」

惣助は油障子の前で振り返って言った。

「おう、待ってるぜ」

長五郎も気軽に応えた。明日は、浅草の菱屋に顔を出し、いとこのお菊に惣助のことをくれぐれもよろしくと頼むつもりだった。

梅次は酔いが回り、腕組みをした格好で眠っている。宇助もとろんとした眼をしていたが、惣助が帰ると、自分も家のことを思い出したのか「大将、帰(け)ェるよ。幾らだ」と訊いた。

「えと、酒と肴(さかな)で六十四文です」

「六十四文、六十四文と……ありゃありゃ、鐚銭(びたせん)が二枚しか入っていねェ。そうだ、夕方、餓鬼を連れて湯屋に行き、湯銭を出したんだった」

呂律(ろれつ)の回らない口調で言う。

「お代はこの次でいいですよ。忘れなければね」

「忘れるもんけェ」

宇助がそう応えた時、眠っていると思っていた梅次がのっそりと立ち上がった。

「お前ェは何んでも忘れる野郎だ。今にめしを喰ったことを忘れ、嬶ァや餓鬼の顔を忘れ、仕舞いにゃ、ほ、手前ェのことも忘れるのよ」

梅次は小意地悪く言う。

「おきゃあがれ」

宇助は言葉を返したが、勢いがなかった。

「大将、おれも六十四文かい」

「さいです」

「そいじゃ、宇助の分も一緒に取ってくれ」

梅次は鷹揚に言った。

「いいんですかい」

「いいってことよ。たまにはおれだって人に奢ることもあらァな」

「梅次さん、すんません」

宇助は殊勝に頭を下げた。

「梅次さんだとよ。こういう時だけさん付けしやがる。調子のいい野郎だ」

梅次は苦笑いして勘定を済ませると、宇助と肩を組んで見世を出て行った。

「毎度ありがとうございやす。お気をつけて」

長五郎はそう言って二人を見送った。

無人となった見世は、しんとした静寂に包まれる。梅次と宇助の使った皿小鉢を片づけながら、長五郎は惣助のことを考えた。

これから惣助は菱屋のお仕着(しき)せに前垂れを締めて、朝から晩まで雑用に追われるのだ。

それを思うと不憫(ふびん)な気もする。長五郎の両親もこんな気持ちで自分を奉公に出したのかと思うと、じんわりと涙が浮かんだ。

おいらができることは、と長五郎は胸で呟く。惣助を遠くから見守るだけだ。奉公先が菱屋でよかった。時々立ち寄って惣助の様子を見ることもできるからだ。

これから惣助の新しい人生が始まる。それは自分に置き換えても、ついこの間のような気がした。人生は、これで案外、短いのかも知れないと長五郎は、ふと思うのだった。

三

この前、菱屋を訪れたのはいつだったろうか。長五郎は御厩河岸(おんまやがし)の渡し舟で大川を渡りながら考えた。あれは伯父の竹蔵の葬儀だったか、お菊の祝言の時だったか、よく覚えていない。長五郎の父親が死に、三つ下のお菊が婿を迎えて祝言を挙げ、それから竹蔵が心ノ臓の発作を起こして呆気なく死んでいる。

葬儀と祝言が短い間に続き、ばたばたしている内に月日が経ったような観がある。いずれにしても長五郎が菱屋に無沙汰を続けていたことは確かだった。翌日の午前中、長五郎は菱屋に向かうため鳳来堂を出たのだ。

浅草広小路は相変わらず人の往来があり、賑やかな界隈だった。東仲町の菱屋は表通りから小路を入った所にある。ひっそりと藍の暖簾が下がっている様は昔とそれほど変わりがなかった。

家族と奉公人が出入りする勝手口から訪いを入れると、年増の女中が顔を出した。

「まあ、鳳来堂さん」

懐かしそうに笑う。確かおみのという女中だ。長五郎が店を辞めた後に雇われたが、おみのは長五郎の顔を覚えていたようだ。

「お菊ちゃんはおりやすかい」

「ええ、ええ。少しお待ち下さいまし」

おみのは慌てて奥へ向かった。ほどなく、縞(しま)の着物に黒い帯を締めたお菊が現れた。すっかり菱屋の若お内儀という感じである。

「まあ、長五郎さん。よくいらっしゃいました。ささ、上がって」

お菊は如才なく中へ促(うなが)す。長五郎はぺこりと頭を下げて下駄を脱いだ。

内所にはお菊の母親のおむらが長火鉢の傍に座っていた。

「伯母さん、ご無沙汰しております」

長五郎は畏(かしこ)まって挨拶した。

「長五郎ちゃんかえ？　まあ、立派な大人になって」

おむらは嬉しそうに笑う。

「あら、おっ母さん。長五郎さんのことは覚えていたのね」

お菊が感心したように口を挟んだ。

「ばかにおしでないよ。長五郎ちゃんはうちの人の弟の息子で、菱屋に長いこと奉公していたから、忘れるはずがないよ」

「あい、お利口さん」

お菊は茶化すように言う。長五郎はお菊のもの言いに苦笑した。

「この頃のおっ母さん、年のせいでもの忘れが多いのよ。長五郎さんのことを覚えていたところは、まだまだ大事ないってことね」

お菊は困り顔を拵えて続ける。その表情は昔と変わっていなかった。かつては、このお菊と所帯を持ち、長五郎が菱屋を継ぐ話もあった。色々な事情があり、そうはならなかったが、これでよかったのだと長五郎は思っている。菱屋を継げば、鳳来堂はとっくになくなっていたはずだ。両親のためにも、自分のためにも鳳来堂は残しておきたかった。

お菊は伯父の同業者の次男を婿養子に迎えた。

亭主の亀蔵(かめぞう)は真面目でおとなしい男である。お菊との夫婦仲もよく、七歳を頭(かしら)に三人の子供がいる。二階の部屋から子供達の賑やかな声も聞こえていた。

「ちょっとうるさいけど我慢してね」

お菊は二階を見上げて言う。

「別においらは気になりませんよ」

長五郎は笑って応えた。だが、おむらは子供達が気になるようで「どれ、お守りをしてこよう。長五郎ちゃん、ゆっくりしていって」と、腰を上げた。

おむらが二階へ上がると、子供達は少し静かになった。代わりにおむらが絵本を読む声が聞こえて来た。

「伯母さんは倖せそうだね」

長五郎はしみじみと言った。

「お蔭様で。お父っつぁんが亡くなった時、おっ母さんもずい分、力を落としていたけど、その後であたしに子供が生まれて、あれこれ世話を焼いている内に元気になったのよ」

お菊は茶を淹れながら言う。

「旦那さんは店ですか。ちょっと挨拶してきますよ」

長五郎は亀蔵を気にしてそう言った。

「うちの人、ちょっと外に出ているの。うちの人に用事があったの？」

「ええ、まあ……そのう、菱屋で小僧を雇うことになったそうですね」

「あら、よくご存じね」

お菊は長五郎の前に湯呑を差し出した。長五郎はぺこりと頭を下げた。

「その小僧は知り合いの倅なんですよ。だからおいらも知らん顔できなくて、お菊ちゃんと旦那さんによろしくお願いしようと思いましてね」

「まあ、律儀なこと。惣助ちゃんは芸者さんの息子だけど、おとなしくて真面目な子なのよ。ちょうど、今まで小僧をしていた利助が手代になったから、よい機会だったの。長五郎さんの知り合いなら、なおさらよかった」

「何か不始末があったら、遠慮なくおいらに言って下さい。あいつには、てて親がいねェので、おいらのことを頼りにしているんですよ」

そう言うと、お菊は怪訝な顔になった。

「知り合いって、惣助ちゃんの母親のこと?」

「ええ、まあ……」

「昔、長五郎さんが、まだうちの店にいた頃、若い芸者さんがやって来たことがあったと思うけど、もしかして、惣助ちゃんの母親はその人?」

長五郎は言葉に窮した。お菊が覚えていたことが意外だった。

「その人、長五郎さんのことが好きだったんじゃない? 違っていたらごめんなさい」

お菊は照れたような顔で続ける。

「昔のことですよ」

長五郎は取り繕(つくろ)うように応えた。

「惣助ちゃん……初めて見た時に、誰かに似ているような気がしてならなかったの」

「だから、みさ吉に似ていたからでしょう」

「みさ吉って名前だったのね。でも、そうじゃなくて、惣助ちゃんがあたしの知っている誰かに似ていると思ったの」

自分のことだろうかと、長五郎は焦った。

「今気づいたのだけど、鳳来堂の叔父さんと感じが似ていたと思うの」

「親父に？　おいらはそんなこと、ちっとも思ったことがありませんよ」

長五郎は苦笑した。

「背丈は惣助ちゃんのほうがずっと高いけど、何んて言うのかしら、目つきとか、何気ない仕種が、鳳来堂の叔父さんと似ていたのよ。ああ、これですっきりした」

お菊はそう言って笑った。

「相変わらずお菊ちゃんは妙なことばかり言う人だ」

「そうかしら。妙なことかしら。長五郎さん、惣助ちゃんって、もしかして……」

お菊は真顔になって言う。

「よしてくれ、悪い冗談だ」

長五郎は慌てて顔の前で掌を左右に振った。

「あたし、まだ、何も言ってないじゃない」

かまを掛けたのかと思った。お菊には時々、そんなところがあった。

「あたしに何か言っておきたいことがあるのなら遠慮なく言って」

お菊は上目遣いで長五郎を見ている。

「別においらは……」

うまい言葉が出て来ない。これではお菊の思う壺だ。長五郎は、惣助を息子だと打ち明けに来た訳ではない。

「まあ、いいわ。隠し事があれば、その内に知れるでしょうからね。惣助ちゃんのことはあたしに任せて」

お菊はようやく問い詰めるのをやめた。お願いします、と長五郎は頭を下げた。帰りしなに蒲鉾を差し出すと、お菊は喜んでくれた。さっそく今夜のお菜にすると言った。

「そうそう、おっ母さんがめざしを拵えたの。鰯が大漁で魚屋さんが安く売っていたそうなの。うちでは食べきれないから、長五郎さんのお見世ででも使って。とてもおいしいのよ」

お菊は蒲鉾のお返しのつもりでそう言ったのだろう。また鰯かと、長五郎は内心でうんざりしたが、せっかくの好意にいらないとは言えなかった。串刺しにしためざしは三十四もあった。渋紙に包まれたそれを携え、長五郎は菱屋を出た。とり敢えず、お菊に口利きしたことで、少しほっとしていたが。

鳳来堂に戻ると、長五郎はお菊から貰っためざしの串の両端に紐をつけ、それを見世の軒先に吊るした。見世の前に出していた魚樽がなくなっていたので、自分のいない間に魚金がやって来て、持って行ったようだ。

浅草に行ったために刻を喰い、長五郎は慌ててその夜の仕込みに掛かった。

四

前日の鰯の煮付けが、まだ大量に鍋に残っていた。長五郎はそれにもう一度火を入れた。友吉が持って来てくれた茄子は焼き茄子にした。それに鰹節の掻いたのと、おろし生姜を添えれば立派な一品となる。

常連客は日暮れ過ぎに三々五々、集まって来たが、めざしを注文する客はいなかった。めざしは朝めしや晩めしのお菜にすることが多いので、わざわざ居酒見世に来てまで食べることはないと思ったのだろうか。

四つを過ぎて、見世の客のおおかたが引けると、油障子が控えめに開いた。

「大将、いいかしら」

細い声を出したのは夜鷹のおしのだった。

「いいですよ。誰もおりやせんから」

「野良猫がめざしを狙っているよ。ぴょんぴょん跳ねてる」

おしのは可笑しそうに言う。

「本当ですか」

慌てて外に出ると、よもぎ猫が小ずるい表情をして傍にいた。

「あっち行け、しッ！」

長五郎は邪険に野良猫を追い払った。

「野良猫だって生きるのに必死なんだねえ。飼ってやりたいけど、手前ェが喰うのにやっとだから、それはできない相談だ。猫ちゃん、悪く思わないでおくれね」

おしのは少し離れた場所で様子を窺っている野良猫にそう言った。

「姐さんは猫が好きなんですか」

中へ促しながら長五郎は訊いた。

「ええ。子供の頃からずっと飼っていたのよ。あたしの猫はいつもおとなしくて可愛かった。惚れた男が猫嫌いだったから、泣く泣く飼うのを諦めたけどね」

「さいですか」

「大将も猫が好きじゃないみたいね」

飯台のいつもの席に腰を下ろしても、おしのは頭に被せた手拭いは取らない。顔にできた瘡（かさ）を見られるのがいやだからだ。夏の頃より体調がよく見えるのは、過ごしやすい季節になったせいだろうか。

「おいらはどちらかと言うと、犬のほうが好きですよ。もっとも、うちじゃ犬猫は飼ったことはありませんが」

「大将は犬猫より、人間様の子供を育てたほうが合ってると思う」

おしのは妙なことを言う。長五郎は苦笑して「そうかも知れませんね」と応えた。

「めざしを二匹焼いて。それでごはんを食べようかな」

「へい」

今夜はおしのに客がついたらしい。長五郎はそんなことを考えながら、軒先からめざしを二匹外して板場に戻った。野良猫は諦めた様子で、もう姿が見えなかった。

網わたしでめざしを焼き始めると、おしのは「ところで大将の息子らしい子は、その後、どうなった」と訊いた。おしのは長五郎の打ち明け話を覚えていたようだ。おしのにだけは惣助のことを話していた。

「時々、この見世にめしを喰いに来るようになりました」

「親だと名乗ったのかえ」

「いえ、母親がはっきりしたことは言わなかったもんで」

長五郎はめざしを見ながら応えた。もうもうとした煙が眼に滲みる。

「そう……でも、気になっているんだろ？」

「そりゃ、まあ。でも、倅は浅草の質屋に奉公に上がることになったんで、うちの見世に来ることもなくなるでしょう」

「大将が子供の頃に奉公していたのも浅草の質屋だって聞いたことがあるけど」

「偶然ですが、その店なんですよ」

「あら」

おしのは驚いた表情をした。それから、偶然だろうか、と怪訝そうに言った。

「おいらも倅の母親がどういうつもりでそこへ奉公させるのか、よくわからねェんですよ」

「そりゃ、大将が奉公していた店だから、よそより安心できるからよ。それに……」

「何んですか」

「ううん、何んでもない」

「言い掛けてやめるのはよくありませんよ。気になるし」

「そうね。これはあたしの考えだけど、母親の気持ちが少しは柔らかくなっているということかしらね」

「どういう意味ですか」

「大将がもう一度やり直そうと言ったら、案外、向こうも素直に応えるような気がするのよ」

「………」

「大将はまだ若い。そうなっても遅過ぎるってことはないと思う」

「へい、めざし、お待ち」

長五郎はおしのの言葉に応えず、めざしを載せた皿を差し出した。横に大根おろしも添えた。

「こうやって食べると、めざしもご馳走ね」

おしのは嬉しそうに箸を取った。

「姐さんも、これから養生すれば長生きできますよ」

長五郎は丼めしを運びながら言った。

「あたしはもう駄目よ」

おしのは自嘲的に言う。

「深川の芸者さんだったそうですね。当時は売れっ子の」

「昔の話よ。済んだことは言わないで」

「惚れた相手が悪かったんでしょうね」

おしのはめしを頬張りながら、うふふと照れたように笑った。

「笑うことじゃありませんよ」

「だって、可笑しいんだもの。あたしの周りの人は皆、あの男だけはよせと忠告したのよ。仕事はしたくない、飲む打つ買うの三拍子。褒めるとこなんてひとつもなかった。それでも縋りついて行ったのは、あたしが若くて何もわかっちゃいなかったからよ。人がどう言おうと、好きなんだからしょうがないってね。いつか見返してやるんだって意地もあったのよ。でも、人の言うことにも耳を傾けるんだったって、今なら思えるのよ」

「その男はとっくに姐さんに見切りをつけたんでげしょう？」

「そう思う？」

おしのは顔を上げ、試すように訊いた。

「だって、姐さんがこんな商売をしていることを考えたら……」

「こんな商売で悪かったね」

「すみません。言葉が過ぎました」

「いいのよ。実際、こんな商売と言われても仕方がないから」

「……」

「今でも一緒にいるのよ」

おしのは丼めしをぱくつきながら、あっさりと言った。

「そいつァ……」

長五郎はその先の言葉が続かなかった。

「二人とも落ちるなら、とことん落ちてやれって気持ちなのよ。うちの人があたしに見切りをつけていたなら、あたしもここまでこんな商売を続けることはなかったでしょうよ」

おしのは他人事のように言う。たちまちめしを食べ終え、茶を啜ると「御馳走様」と言って腰を上げた。いつものように十六文を出したおしのに「今日のお代は結構です」と長五郎は言った。

「どうして？」

「めざしは貰い物なんですよ。ですから銭はいただけません」

「でも、ごはんをいただいたから……じゃ、お言葉に甘えて八文だけ置いて行くね」

「いいんですかい」

「相変わらず商売っ気のない人だ。でも、大将のそんなところが好きさ」

おしのは、ふっと笑った。外に出て行こうとして、おしのは、つと振り返った。

「大将、早く息子の母親にやり直そうとお言いよ」

「………」

「あたしみたいになったら手遅れだよ。まあ、あたしも昔は芸者をしていたから言うのだけどね。お座敷にお呼びが掛かるのも今の内さ。三十を過ぎたら、客は洟（はな）も引っ掛けなくなる。いいね」

黙ったままの長五郎にそう言って、おしのは去って行った。長五郎は後片づけもせず、店座敷に腰を掛けて、煙管を取り上げて一服点けた。薄青い煙を眼で追い掛けながら、みさ吉の顔を思い浮かべた。今から一緒になろうと言ったら、みさ吉は承知するだろうか。

長五郎はすぐに首を振った。承知する訳がない。あてにならない長五郎に見切りをつけ、みさ吉は「湊屋」の隠居の許へ行った。隠居が亡くなった後、みさ吉は何も彼も背負い込んで一人で生きて来たのだから。

だが、みさ吉以外、長五郎は女を知らない。この商売を始めてから言い寄って来る女も何人かいたが、長五郎が心を魅かれた相手はいなかった。みさ吉をずっと気に掛けていたという訳ではなく、言わばなりゆきだった。だが、女房がいたら、これほどみさ吉や惣助のことを気にしただろうか。いや、女房がいても気になることは同じだ。今よりもっと複雑な思いでみさ吉と惣助を見ていただろう。

自分の悩みを夜鷹のおしの以外、相談できる人間はいなかった。せめて母親でも生きていたなら、何かいい案を考えてくれただろう。

そう考えると、今さらながら母親の早過ぎる死が悔やまれた。

それから朝になるまで客は来なかった。鰯の煮付けはまだ鍋の中に相当残っている。お菊から貰っためざしも。ため息が出る。世の中も食べ物も、ほどよい状態にはなかなかならないようだ。多過ぎたり、少な過ぎたり。

鰯は当分、見たくないと、長五郎はつくづく思った。

五

結局、鰯の煮付けは余り、捨てる羽目となった。めざしは近所の女房連中に分け与えた。

湯屋へ行った帰り、久しぶりに町内の髪結床で頭を整えた。さっぱりした気分で鳳来堂に戻ると、見世の前に普段着のみさ吉が風呂敷包みを提げて立っていた。

「どうしました」

長五郎は驚きと訝(いぶか)しさの入り混じった気持ちで訊いた。

「まだお休みなのかなあと思っていたんですよ」

みさ吉は小腰(こごし)を屈(かが)めて頭を下げると、少し安心したように笑った。

「いつもは寝ていることが多いですが、板場で魚を焼くんで、どうも身体が燻(いぶ)り臭くて、それで湯屋に行って来たところですよ」

「おぐしもきれい」

「ついでに髪結床に寄って纏(まと)めて貰いました」

「長五郎さんは身の周りに気をつける人なので、独り者には見えませんよ」

みさ吉がそう言ったのは皮肉だろうか。誰か陰で長五郎の世話をする女がいるとでも思っているのだろうか。

「そうですかねえ、そいつはどうも。あ、散らかっていますが、ちょっと入りませんか。茶を淹れますよ。おいらもちょうど喉が渇いていたところだし」

みさ吉が惣助のことでやって来たのだろうと察しをつけていた。

「そうですか。それじゃ、お言葉に甘えて」

みさ吉は遠慮せず、油障子の錠を開けた長五郎の後ろから続いた。

火鉢の火に灰を被せていたが、取り除くと火の色が見えた。鉄瓶の湯はそれほど冷めていなかった。炭を足して、ふっと息を吹き掛けると、長五郎は板場から茶筒と急須、湯呑を持って来て、みさ吉の前に置いた。急須に茶の葉を入れ、鉄瓶の湯を注ぐ長五郎の手許をみさ吉は黙って見ている。

「どうぞ。ちょっと湯がぬるいですが」

長五郎は店座敷の縁に腰を掛けているみさ吉へ湯呑を差し出した。

「平気。あたし、猫舌だから、あまり熱いのは苦手なの」

「さいですか」

長五郎はみさ吉に笑顔を向けたが、みさ吉はすぐに視線を逸らした。

「菱屋さんの若お内儀さんに惣助のことを頼んでいただいてありがとう存じます」

みさ吉は低い声で礼を言った。

「いえ、なに。たまたま浅草に行った時に立ち寄って、ついでに惣助のことを話しただけです」

長五郎は取り繕うように応えた。

「若お内儀さん、惣助のことをあれこれ訊くので、あたし、きまりが悪かったのよ」

「お菊ちゃんは何を訊いたんで？」

「そのう、惣助のてて親のこととか」

「………」

「惣助が長五郎さんのお父っつぁんに似ているなんてことまでおっしゃるんですもの」

「そんなことをお菊ちゃんは喋ったんですか。あの人は昔から思ったことをすぐに口に出すんですよ。あまり気にしねェで下さい」

「他人様は妙なところまで気づくのだなあって、あたし、つくづく思ったのよ」

その拍子に長五郎の胸がどきりと音を立てた。みさ吉はそれを図星と言いたいのだろうか。

「惣助が菱屋に奉公したのは贔屓のお客様のお薦めなんですよ。そのお客様と菱屋の旦那が親しい間柄だったもので。でも、あたしはその話を聞いた時、何やらご縁を感じたのですよ」

みさ吉は長五郎の思惑に構わず続けた。

「何んのご縁なんで？」

「だから、惣助と菱屋さんの」

「おいらが奉公していた店だからってことじゃねェんですかい」

「それもあるかも知れませんね。惣助は長五郎さんのことを慕っておりますから、長五郎さんの親戚のお店に奉公できることをとても喜んでいるの。あたしも惣助のそんな様子を見て、心底安心しているのよ。これから惣助が恙なく奉公を続けられたら、これ以上の望みはないの。後は自分の身の振り方を考えるだけ」

「身の振り方って、どうするつもりなんで？」

「そうね、小商いのお店でもやれたらと思っているのよ。その気があるなら段取りをつけるとおっしゃってくれる人もいますので」

それは暗に囲われ者になるということを意味していた。芸者の世界で育ったみさ吉には、それに対して抵抗すら覚えないのだ。

「そうなったら、惣助は姐さんの旦那に遠慮して藪入りの時も会いに行かないんじゃねエですか」

長五郎は、おそるおそる言う。

「それならそうで仕方がないわね。でも、惣助はここへ立ち寄れるから、いいんじゃないかしら」

みさ吉は他人事のように言った。長五郎はその手前勝手な理屈に、むっと腹が立った。

「姐さんは肝腎なことをひとつも言わない。おいらが惣助を気にするのは、もしかしてあいつが手前ェの倅じゃなかろうかと思っているからですよ。しかし、姐さんはそうじゃねェときっぱり言った。そのくせ、菱屋の奉公の話が持ち上がると、さして考えもせず決めちまった。どういうことなんで？　普通は別の店にするんじゃねェですかい。思わせぶりなことばかりするあんたに、おいらも惣助もいい加減、うんざりしますよ」

　みさ吉は、その拍子にきッと眉を上げ「惣助が長五郎さんにそう言ったんですか」と、声を荒らげた。

「直接言わなくてもわかりますよ」

「惣助が長五郎さんの息子だったら、どうするつもり？」

「もちろん、親として面倒を見ます」

「じゃあ、そういうことにしましょうか。惣助のこと、これからもよろしくね」

　みさ吉は早口で言うと、腰を上げた。

「あんたは十年経(た)っても何も変わっちゃいねェ。ちゃんと筋道立てて考えたら、道は拓(ひら)けたはずなんだ。何も彼も手前ェ一人で決めて、結局、金も力もねェおいらに見切りをつけたんじゃねェか。え？　そうじゃないのか」

　長五郎はみさ吉を強い眼で見据えながら言った。

「あの時、あたし達にどんな道が拓けたって言うの？　ばかも休み休み言ってよ。そうよ、長五郎さんにはあたしの力になれるようなことはひとつもなかった。あたしは湊屋のご隠居に縋るしかなかったのよ。あの頃のあたしの気持ちは誰にもわからない。何よ、惣助の顔を見た途端、親面して。親ってのはね、抱いたり、あやしたりするばかりじゃないのよ。熱を出せば夜っぴて看病しなけりゃならないし、六つや七つになれば手習所へ通わせることも考えなきゃならない。皆、只じゃないのよ。お金がいることなのよ。親の見世を譲られて、のうのうと商売をしている長五郎さんにあたしの苦労なんて……」

そこまで言って、みさ吉は咽んだ。長五郎は手を取ろうとしたが、みさ吉はそれを邪険に振り払った。

「あたしに構わないで！」

「わかった、わかったから。だけど、お願いだ。惣助のことは、はっきりさせてくれ」

みさ吉は唇を噛み締めて、しばらく黙った。

「おひで、」

長五郎はみさ吉の本名を口にした。その名前がすんなり出たことが不思議だった。みさ吉は、はっとして長五郎を見つめた。

「ええ。お察しの通り、あんたの子よ。だけど、惣助に、てて親だと名乗りを上げるのはやめて。惣助はあたしだけの子よ。長五郎さんには何んの関わりもないこと。今までも、これからもね。お邪魔様。惣助は明日、菱屋さんに向かいます。色々、お世話になりました」

最後のほうだけ、みさ吉は殊勝に礼を言った。そのまま、出て行こうとしたが、ふと気づいたように風呂敷包みを差し出した。中は重箱らしい。

「お赤飯と、それから鰯を三杯酢に漬けたものなの。あたし、お料理は何もできないけれど、鰯の三杯酢はおっ母さんがよく拵えていたので見よう見まねで覚えたの。和泉屋でも評判がいいのよ。お赤飯と鰯じゃ、いい取り合わせにならないけど、あたしの気持ちだから」

そう言って、ようやく笑った。

「いただきます」

長五郎は低い声で応えた。だが、身体の力がいっきに失われていた。せっかく惣助が自分の息子だとわかったのに、肝腎のみさ吉は長五郎を拒絶していた。その先の希望も失われた。意気消沈する気持ちはどうすることもできなかった。

かつかつとみさ吉の下駄の音が遠ざかる。

その音は長五郎にとって絶望的なものに思えた。つかの間、死んだら楽だろうなという思いがよぎった。両親の待つ彼岸はその時の長五郎にとって夢の場所に思えた。自分は幾つになっても意気地なしだった。みさ吉はそんな長五郎に再び見切りをつけたのだ。もう、みさ吉とやり直し、惣助と親子三人の暮らしをしようなどと思うまい。長五郎は自分に言い聞かせた。

重箱の中身を即座にごみ樽へ捨てるつもりで長五郎は風呂敷を解き、重箱の蓋を開けた。

一段目には小豆を入れた赤飯が入っていた。その下には、半身にした鰯がきれいに並んでいる。中骨を外し、丁寧に水洗いした鰯の水気を取り、さっと塩をまぶす。塩がなじんだら、余分な塩を振り落とすために酢洗いする。それから酢、砂糖、醤油を合わせたものに漬ける。酢の効果で鰯の背は目の覚めるような美しい色になる。わさびや生姜醤油で食べると乙だ。臭い鰯も七度洗えば鯛の味、という諺を実感できるというものだ。酢を使っているので刺身より日持ちがする。捨てることはできなかった。笹の葉の上に並べた鰯があまりにきれいだったからだ。試しにそのひとつを口に入れると、思わず唸るほどのうまさだった。

さほど料理ができないと言いながら、みさ吉の手際は鮮やかだった。それを息子の門出に拵えた母心も理解できる。鰯の三杯酢は見世の客へ振る舞おうと思い直し、長五郎は、いそいそと重箱を板場へ運んだ。

六

その夜、惣助が現れるのを待っていたが、とうとうやって来なかった。仕度に手間取っていたのだろう。

五間堀の近くにある宗対馬守の中屋敷に務める浦田角右衛門が顔を出したので、さっそく鰯の三杯酢を酒のあてに出した。角右衛門は相好を崩して喜んだ。梅次は鰯の面は見たくもないと言っていたが、箸をつけると気が変わったようで、お代わりを催促するほどだった。

本所のやっちゃ場（青物市場）の競りを終えた男達にも鰯の三杯酢を出すと、重箱の鰯はきれいになくなった。

明六つ（午前六時頃）の鐘が鳴り、そろそろ鳳来堂の暖簾を下ろそうかと外に出ると、目の前の五間堀に川霧が立ち込めていた。季節は順当に巡り、もはや、堀の水より外気のほうが冷たいようだ。霧はそんな時に発生する。しばらく、墨絵のような五間堀を眺めていると「兄さん」と呼び掛ける声が聞こえた。

声のしたほうを振り向くと、惣助が笑顔でこちらへやって来るところだった。

「おう」

長五郎は気軽な返答をした。自然に笑顔になった。愛しさも衝き上がる。こいつは自分の息子、正真正銘の血を分けた息子なのだという気持ちはどうしようもなかった。

だが、長五郎は内心の思いをおくびにも出さず「いよいよ、今日は菱屋に行く日だな」と静かな声で言った。

「どうしてそれを？」

惣助はつかの間、怪訝な顔になった。

「ゆうべ、お前ェのおっ母さんが赤飯と鰯の三杯酢を届けてくれて、その時に言っていたのよ」

「赤飯と鰯っておかしいですよね。普通は赤飯にゃ、塩鯛なのに」

「いいじゃねェか。鰯の三杯酢はみさ吉姐さんの得意料理らしいから、倅の門出に自分が手を掛けたものを他人様に振る舞いたかったんだろう。いいおっ母さんだ」

長五郎はしみじみした口調で言う。

「でも、昨夜のおっ母さんは泣いてばかりで、おいらは慰めるのに大変でしたよ」

「一人息子を手放すんで寂しいんだろう」

「そうですかねえ。何んか様子もおかしかったですよ。畜生とか、唐変木とか悪態もついていたし」

「……」

「本心はおいらを菱屋にやりたくないのかとも思いましたよ」

「考え過ぎだ。お前ェを菱屋に奉公に出せば、肩の荷が下りる。みさ吉姐さんは心底安心していたよ。いいか、奉公に上がっても手代になるまで給金はないんだ。盆暮に僅かな小遣いを与えられるだけよ。その代わり、食べる物、着る物には事欠かないし、手習いや算盤の稽古にも出してくれる。しっかりやんな」

「わかっています」

「それでな、藪入りの時に、みさ吉姐さんは忙しくてお前ェに構っていられねェこともある。そん時はおいらの所へきな。二人で両国にでも出て、めしを喰おう。ああ、ついでに泊まってもいいぜ」

「ありがとうございます」

惣助は長五郎が言った言葉を素直に受け取っているようだ。

「みさ吉姐さんはいつまでもお座敷づとめはできねェ。これから新たな道を歩むことになるかも知れねェが、手前ェの母親だからって、無闇に反対するんじゃねエぜ」

長五郎はおずおずと続けた。

「どういう意味ですか」

「別に大した意味はねェよ。大人になればわかる」

「おいら、もう子供じゃありません。はっきり言って下さい」

惣助は真顔になって長五郎を見た。

「そのう、たとえば、旦那の世話になるとか、色々あるじゃねェか」

そう言うと、惣助の眉間に不愉快そうな皺が寄った。

「そんなことは考えたくないですよ。おっ母さんが旦那を持つなんてまっぴらだ。そうなったら、おいら、親子の縁を切ります」

「惣助……」

長五郎は惣助の激しい口調に驚いた。

「湊屋の爺ィが死んだ時、向こうの親戚があることとないことほざいていましたよ。おいら、ごたごたはたくさんです。どうせ、おっ母さんが旦那を持つとしても女房や子供がいる人でしょう。おっ母さんは湊屋のことで懲りているはずだと思っておりましたよ。またぞろ同じことをくり返すとしたら、そんなおっ母さんは、おいらはいらねェ！」

「わかった、わかった。お前ェの気持ちはみさ吉姐さんにようく伝えておくよ。あまり、カッカすんな」

長五郎は慌てて惣助を宥(なだ)めた。

「だけど、おいら、兄さんならおっ母さんと一緒になっても反対しませんよ」

「………」

「兄さんは独り者だし、面倒臭い親戚もいないし」

「そうは行かねェだろう。みさ吉姐さんは銭のねェおいらなんざ、相手にするものか」

言葉尻に怒気が含まれた。さり気なく言ったつもりだったのに。

「時々、兄さんが本当の親父じゃなかろうかと考えることもありますが、そうなると、兄さんは十八かそこいらで餓鬼を拵えたことになりますからね。菱屋の手代をしていたのなら、そんな隙もありゃしない。おいらの勝手な考えですよ」

惣助はそう言って薄く笑った。そんな隙はあったんだよ、年は十八でも、しがない質屋の手代をしていてもね。長五郎は胸で叫んでいたが、それを口に出すことはできなかった。

「まあ、がんばりな」

長五郎は惣助の痩せた肩を優しく叩いた。

瞬間、惣助はぶつかるように長五郎へ抱きついて来た。その勢いで長五郎は少しよろめいた。

「辛い時は本当にここへ来ていいんですか。お愛想ならいりません。邪魔ならはっきり言って下さい！」

惣助は絞り出すような声で言った。胸が潰れそうな気持ちがした。邪魔になんて思うか。だって、おいらはお前ェのてて親だから。

長五郎は固唾を飲んで「約束する。決してお前ェを邪魔になんてしねェ」とようやく応えた。

身体を離した惣助は安心したように笑う。その眼が潤んでいた。

「これから菱屋に行ってきます」

「おう」

「がんばります」

「おう、よく言った」

惣助はつかの間、じっと長五郎を見つめると「そいじゃ」と手短に言って、踵を返した。そのまま、一度も振り返らずに走り去った。その痩せた背中が見えなくなるまで長五郎はその場に立っていた。何んだか切なかった。いや、長五郎に抱きついて来た身体の重みの感触がいつまでも消えなかった。自分がいなくても惣助はここまで大きくなったのだ。その感慨に打たれてもいた。

堀の霧はいつの間にか晴れたようだ。その時「鰯、来いッ！」と魚金の触れ声が背中で聞こえた。鰯を売る時は威勢よく声を張り上げる。活きのよさを示すためでもあった。

「大将、お早うございやす」

魚金は愛想笑いを貼りつかせて挨拶した。

「何んだ、今日はやけに早いじゃねェか」

「鰯の大漁が続いているんですよ。どうです？　前の物より、でかいですぜ」

そう言って魚樽の蓋を取る。長五郎は何も応えず、暖簾を下ろすと、そのまま見世に入った。

「大将、後生だ。ちょいと助けておくんなさいよ。よう、大将」

魚金は性懲りもなく声を掛ける。長五郎は吐息をひとつついて「またな」と、すげなく応え、油障子を閉めた。

秋の花

一

本所五間堀から見える安房・上総の山々は、夏の季節には縹色（薄い青色）に霞んでいたものだが、今は青黒く見える。すでに紅葉しているせいでそう見えるのだろうか。あまりに遠くて長五郎にはよくわからない。しかし、近くの武家屋敷に植わっている銀杏は眼の覚めるような黄色に変わり、風もないのにはらはらと葉を落としていた。江戸は確実に秋から冬に向かっているようだ。

日中はぽかぽかした陽射しも降っているが、夕方になると途端に空気は冷え込み、火鉢の火が恋しくなる。本所五間堀にある居酒見世「鳳来堂」も店座敷に置いた大火鉢がこの季節、客に重宝がられていた。それは獅噛火鉢と言って、脚に獅子の頭の飾りがついている。買うとなったら大層高直である。

鳳来堂は元々、古道具屋を営んでいた見世で、その火鉢は客から持ち込まれたものらしい。凝った意匠に惚れ込んだ長五郎の父親が売り物にせず、自分の家で使っていた。鉄瓶で湯を沸かすのはもちろん、網わたしを置いて餅を焼いたりもした。長五郎にとっても思い出深い火鉢だった。

ただし、図体がやたらでかいので、移動する時は厄介だ。普段は店座敷の隅に置いていたが、さすがにこの季節になると、真ん中に置いたほうが収まりがよい。長五郎はそろそろと獅嚙火鉢を店座敷の中央に移動させた。乱暴にすると畳にさくれができるので、それにも注意を払わなければならなかった。こんな時、惣助がいたらなあと、つくづく思ったものだ。惣助は公にしていないが、長五郎の息子だった。今は浅草東仲町の質屋に住み込みの奉公に出ている。

最近の常連客は火鉢を囲むような形で席を取ることが多かった。そのせいか客同士の話も以前より弾んでいるように見える。

お座敷帰りの芸者の駒奴が訪れた時も火鉢の周りには左官職の梅次と鳶職の宇助がなかよくちろりの酒を注ぎ合っていた。

「おや、姐さん。今帰りけェ？」

梅次はとろんと酔いの回った顔で駒奴に訊いた。

「ああ、そうさ。客にお愛想して、すっかりくたびれちまったよ。ここでちょいと飲み直そうと思ってね」

「よかったら、ここに座ってくんねェ」

梅次は慌てて座蒲団を取り上げると、火鉢の前に置いた。駒奴のお座敷着は紫色で、裾に青い花の柄が散らされていた。帯は黒地の緞子だった。駒奴が入って来ただけで見世の中が急に華やいだように感じられる。

「あい、おかたじけ」

駒奴はあっさりと応え、着物の裾を捌いて座り、大将、お酒、その後で茶漬けを食べるよ、と長五郎に言った。

「へい」

「姐さん、燗がつく間、おれの酌を受けてくんねェな」

梅次は板場から猪口を持って来て、駒奴に持たせた。その時、駒奴の手に触れたようで「姐さん、冷てェ手だなあ。可哀想に」と、しんみりした声で言った。

「梅さんは優しいねえ。わっちの客が皆、梅さんみたいな人ばかりだと、お座敷づとめも楽なんだが」

そう言って流し目をくれると、梅次はどうしてよいかわからないという態で顔をくしゃくしゃにした。

「だがよ、おれ達は、姐さんの客にはなれねェ。金さえありゃ、毎晩でも姐さんを名指しするのによう」

宇助は低い声で口を挟んだ。

「色男、金と力はなかりけり、ってね。いいんだよ。わっちは客集めをしにここへ寄る訳じゃないから気にしないでおくれ。ただし、わっちもここへ来る時は客だ。あんたらにお愛想はしないよ」

駒奴はぴしゃりと言って、もう目の前の二人に頓着する様子もなかった。合切袋から煙管を取り出し、火鉢の火で一服点けると、梅次はまた、姐さん、いい煙管を持っているじゃねェかと言葉を掛けたが、駒奴は「あい、これは贔屓のお客様からいただいたのさ」と、ぶっきらぼうに応えただけだった。以前は鳳来堂に来る度、長五郎の煙管を借りていたのだ。その夜は自分の煙管を持参していたのだろう。

長五郎が燗のついたちろりと突き出しの小鉢を運ぶと、駒奴はひょいと顎をしゃくり「ありがと」と短く礼を言った。今夜の突き出しは卯の花（おから）だった。駒奴は何んとなく浮かない表情に見えた。

「今夜のお座敷は難しい客だったんですかい」

長五郎はさり気なく訊いた。

「いいや、そんなことはないよ。そうそう、近頃、浦田様はお見えになっているかえ」

駒奴は店座敷の隅に座っている客にすばやく目線をくれてから訊いた。お店者(たなもの)らしい二人の若い男がわざと火鉢の傍を離れて、しんみり話し込んでいた。商売の話でもしているのだろう。その時の客は、駒奴を含めて五人だけだった。

「浦田様はお務めが忙しいらしくて、さっぱりお立ち寄りになりませんよ」

長五郎は低い声で応えた。浦田様とは浦田角右衛門(かくえもん)のことで、五間堀を挟んで鳳来堂の向かい側にある宗対馬守(そうつしまのかみ)の中屋敷に務める家臣だった。浦田は務めを終えると、時々鳳来堂に訪れていたが、このひと月ほどは姿を見せていなかった。

「そうかえ……」

手酌の酒を口に運びながら駒奴は思案顔をした。

「何かございましたかい」

「いや、何かってほどでもないが、あのお方は奥様がいらっしゃるのだろう？」

「さいです。三年前に奥様を迎えたそうですが、その後、浦田様に江戸詰めの沙汰(さた)があって、お国許(くにもと)の奥様とは離ればなれの暮らしだそうです。でも、奥様からは度々手紙が届くようですぜ」

「でも、手紙じゃ憂(う)さは晴れないだろうね」

駒奴は意味深長な言い方をする。何か訳ありにも感じたが、梅次と宇助が傍にいたので長五郎は深く理由を訊ねなかった。

六間堀の料理茶屋「かまくら」の主の友吉が入って来ると、梅次と宇助はそれを潮に立ち上がった。

「何んでェ、おいらが来た途端、帰ェるのけェ？　ちょいと愛想なしだぜ」

友吉は冗談交じりに言う。梅次は、いや、明日も仕事があるから、そろそろ引けようと思っていたんでさァ、と応えた。宇助も、旦那、ごゆっくりと声を掛け、二人は外へ出て行った。友吉は駒奴の隣りに腰を下ろし「しばらくだな、姐さん。元気でいたかい」と、嬉しそうに声を掛けた。今夜の駒奴のお座敷は、かまくらではなかったようだ。

「元気なものか。しみったれの客ばかりで、その内、こっちの口が干上がりそうだよ」

駒奴は皮肉に応える。

「まあ、不景気なご時世だからな」

友吉は相槌を打つ。友吉の前にもちろりと突き出しを運ぶと、長五郎は思い切って、駒奴に浦田のことを訊いてみた。

「浦田様がどうかしたのか？」

友吉は笑顔を消し、真顔になった。駒奴は余計なことを言うと、きゅっと長五郎を睨んだ。

「友さんは伊達に料理茶屋の主をしておりませんよ。浦田様に気になることがあるなら、よい知恵を出してくれるかも知れませんよ」

長五郎がそう言うと、駒奴はようやく納得した様子で「そうだねえ、わっちも心配していることだから、ちょいと二人に話を聞いて貰おうか。梅さんと宇助さんじゃ、いい加減なことしか言わないからね」と、言った。梅次と宇助をばかにしている訳ではないが、相談相手にならないと駒奴は思っていたようだ。

「浦田様の何が気になるのよ」

友吉は自分のちろりから駒奴に酌をした。ひょいと頭を下げた駒奴は、浦田様は吉原の小見世の妓にご執心らしいと、ぽつりと言った。

「何んでェ、そんなこと。浦田様も男だ。無聊の慰めに吉原で遊ぶこともあるだろうさ。気にするな」

友吉は埒もないという表情で応えた。

「単なる無聊の慰めじゃないから、わっちは心配しているのだよ。非番の折にはいそいそと吉原通いをしているらしい。敵方のいる小見世のお内儀てのは、昔、わっちと一緒に芸者をしていた人なんだよ。この間、浅草でばったり会って、その時に浦田様の素性をあれこれと訊かれたのさ。そのお内儀は浦田様が妓を身請けする力があるのかどうかを探りたかったらしい」

「身請けだって？」

友吉はぎょっとした顔になった。長五郎も驚いた。ああ、そうさ、と駒奴は応え、やるせないような吐息を洩らした。

「しかし、一介の武士が小見世とはいえ、吉原の妓を身請けするなど聞いたこともない。姐さん、できない相談と言ったのだろうね」

友吉は眉間に皺を寄せて続けた。

「もちろん、言ったさ。だが、浦田様はかなり思い詰めているらしい。宗様のお屋敷に取り入りたい紙問屋の旦那が、後ろ盾になって金を出しているということだ。お屋敷で使う紙を納められるのなら、浦田様を小見世で遊ばせても、損はないと踏んでいるようだ。だが、わっちが心配するのは、そのために浦田様が危ない橋を渡るのじゃなかろうかってことだ。万が一、浦田様がお屋敷から放り出されてしまったら、お国許の奥様が可哀想じゃないか」

駒奴の言葉に長五郎と友吉は、そっと顔を見合わせた。駒奴の言う通りだった。

「友さん、浦田様に意見してくれないだろうか」

長五郎はすぐに言った。それができるのは、友吉しかいないと思った。

「お、おいら？　とんでもねェ。おいらの言うことなんざ、浦田様が素直に聞くものか。もっと年配の適当な人がいるはずだ」

誰ですか、誰さ、長五郎と駒奴の声が重なった。

「誰って、そのう、誰かいるはずだ」

友吉はおずおずと応える。

「旦那、こんな時、いい加減なことをおっしゃらないで下っし。わっちは真面目に浦田様のことを心配しているのだから」

「わ、わかってる」

友吉は慌てて言った。しかし、その時の三人には浦田に意見できるような適当な人物が思い浮かばなかった。

お店者の二人の客が腰を上げた。勘定をして外へ送り出すと、駒奴は茶漬けの催促をした。友吉もちろりの酒を飲み終えると、じゃあ、姐さん、また、と挨拶して帰った。浦田の話は自然に立ち消えとなってしまったようだ。

駒奴がその夜の最後の客になった。夜鷹のおしのも現れなかった。板場の鍋には卯の花がかなり残っている。朝になったら、長五郎はそれを持って、浅草の「菱屋」へ届ける気になった。菱屋は惣助が奉公している質屋で、主の女房は長五郎のいとこに当たる女だった。

二

卯の花の入った鍋を風呂敷に包み、長五郎はいそいそと浅草へ向かった。東仲町の菱屋に着いた時、惣助は見世の前を竹箒で掃除していた。お仕着せの縞の着物に黒い前垂れを締めた惣助は長五郎に気づくと、ふっと笑顔を見せた。

「兄さん」

嬉しそうに近づいて来る。長五郎は滅法界に愛しさが込み上げていた。

「どうでェ、仕事は。辛くねェか」

「大丈夫です」

「そうか。少し痩せたんじゃねェか」

惣助の顔が以前より小さくなったようにも感じられた。

「大丈夫です」

惣助は同じ言葉を繰り返した。

「卯の花が残っちまったから、菱屋さんに喰って貰おうと思ってよ」

「それでわざわざ？　ありがとうございます」

「へえ、しっかりした挨拶をするじゃねェか。お店者は挨拶が肝腎だ。その調子だぜ」

「掃除が終わると若お内儀さんは手習いと算盤の稽古に出してくれます」

「そうか、よかったな。仕事をしながら勉強できるんだから、ありがてェと思って励むんだぜ」

「わかっていますよ。おっ母さんは元気にしていますか」

惣助の母親は駒奴と同じ芸妓屋にいるが、近頃、姿を見ていなかった。

「多分、元気でやっていると思うが、鳳来堂にはさっぱり顔を出す様子がねェから、よくわからねェのよ」

「おっ母さんは旦那を持つつもりでしょうか」

「さあ、それも……」

惣助は離れて暮らす母親のことを心配しているようだ。母親のみさ吉が旦那を持つことは息子として賛成できないと惣助は長五郎に言っていた。

「兄さんはおいらを心配してくれて、それはありがたいと思ってます。でも、おっ母さんのことまで面倒見切れませんよね」

惣助はそんなことを言った。本当はみさ吉のことも気に掛けてほしいと思っているようだ。

「前にも言ったろ？　みさ吉姐さんとおいらは喧嘩したことがあるって」

「ええ……」

「みさ吉姐さんはおいらを嫌っているのよ。もっとも、居酒見世の親仁をみさ吉姐さんがまともに相手にする訳もねェがな」

「おっ母さんは銭金で世の中を計る女なんだ」

惣助はつかの間、憤った声になった。

「そう言うな。金は誰でもほしいと思っているさ。まして、みさ吉姐さんはお前を抱えて今まで踏ん張って来たんだ。お前を菱屋に奉公させて、少し肩の荷が下りただろう。これから先は……」

そこまで言って長五郎は言葉に窮した。みさ吉が旦那を持とうが、どうしようが、それはみさ吉次第だと言いたかったが、胸にちくりと痛みが走っていた。心の奥ではそれを望んでいない自分がいた。みさ吉に寄せる思いは惣助と同じだった。

「おっ母さんを当てにするな」

早口で言うと、長五郎は菱屋の勝手口から中へ入った。惣助は竹箒を持ったまま長五郎の背中を見つめていた。

いとこのお菊は長五郎の持って行った卯の花に大喜びし、さっそく今夜のお菜にすると言ってくれた。だが、惣助が菱屋に奉公するようになってから、やけにこちらへ顔を出すのね、と訝しい表情でもあった。

「面倒を見ると惣助の母親と約束したからですよ」

長五郎は怒ったように応えた。お菊は、それでも納得した様子はなかった。長五郎と惣助の関係に最初に疑いを持ったのはお菊である。女の勘は鋭いと長五郎は思った。いつかは本当のことをお菊に打ち明けようとは思っているが、まだその時ではなかった。

みさ吉が旦那を持ったら、惣助は意気消沈するに違いない。その時は自分がついているから、おっ母さんのことは忘れろと長五郎は強く言うつもりだった。だが、長五郎にもみさ吉に対する淡い期待があった。その淡い期待に長五郎も賭けていたのかも知れない。

小半刻(こはんとき)（約三十分）ほどお菊や母親のおむらと世間話を交わし、長五郎は空の鍋を風呂敷に包んで菱屋を出た。帰りしなに店座敷を覗くと、惣助は手習いの稽古に出たのか姿が見えなかった。少し寂しい気持ちがしたが、惣助が真面目に奉公している様子に安堵して長五郎は浅草広小路へ出た。そこから竹町(たけちょう)の渡し場へ向かうつもりだった。

だが、浅草広小路に出た時、長五郎は往来する人々の中に浦田角右衛門の姿を認めた。

浦田も竹町の渡し場へ向かうところらしかった。

「浦田様」

声を掛けると、浦田はぎょっとしてこちらを向いた。その顔を見て長五郎も驚いた。落ち窪んだ眼は血走り、頬はこけ、無精髭がやけに目立つ。恐らく、吉原の小見世で一夜を明かしたのだろう。

「妙な所で会うな。今日は何んだ」

浦田は悪戯(いたずら)が見つかった子供のような表情で言った。

「へい。近くに親戚の家があるもんで」

「そうか」

「これからお屋敷にお戻りですかい」

「ああ、そのつもりだが、本日は非番だ。これからひと眠りしようと思っている」

「手前も帰ったら少し眠るつもりですよ。そいじゃ、渡し場へご一緒してよろしいですかい」

「それは構わぬが、長五郎、拙者とここで会ったことは他言無用に」

いつもは亭主と呼び掛ける浦田が自分の名前を呼んだことに長五郎は拘った。駒奴の心配していることが俄に現実味を帯びてきた。

「浅草広小路で浦田様とお会いしたことを他言無用とは、ちょいと大袈裟な話じゃございませんかい」

「うるさい！　言う通りにしろ」

浦田は癇を立てた。

「まあ、そうおっしゃるならその通りにしますが、何か訳ありのご様子で」

「………」

浦田は肩を怒らせて歩くばかりで応えなかった。

「そうですかい。浦田様は浅草広小路でなく浅草田圃にご用がおありなすったんですかい」

そう言うと、何を、と浦田は眼を剝いた。浅草田圃は吉原を指す。

「誰もそんなことは言っておらぬ。勘違いするな」

「ですが他言無用と釘を刺しなすったのは、そういうことじゃねェですか。こっちは伊達に居酒見世の親仁をしておりやせんよ。いえね、浦田様が吉原の小見世通いをなすっていることは噂になっていたんですよ」

「そのようなたわけたことを言ったのは誰だ。成敗してくれる」

「誰でもよろしいじゃござんせんか。人の口に戸は閉てられぬという諺もございますから。手前が心配しているのは浦田様の噂がお屋敷に流れることですよ。お国許の奥様がお可哀想です」

そう言うと、浦田の眼から涙がぽろりとこぼれた。ああ、と長五郎は胸の内で嘆息した。

事態はかなり深刻であるらしい。

「浦田様、ちょいと手前の見世にお寄りになりやせんかい」

「うむ」

浦田は水洟を啜り、こもった声で応えた。

三

客のいない鳳来堂は仄暗い。燻った臭いもする。飯台の前の腰掛けに浦田を促すと、長五郎は黙って湯呑を差し出した。浦田はそれを半分ほど、ひと息で飲み下した。水を飲むような感じにも見えたが、中身は水でなく酒だった。浦田は苦い表情をした後で長い吐息をついた。

「お前はおなごに心底惚れたことがあるか」

浦田は吐息をついた後で訊いた。

「この年ですからね、そりゃあ、ありますよ」

「そのおなごとは一緒になれなかったのだな」

「さいです。まあ、年が若かったせいもありますが」

「幾つの時の話だ」

「手前が十八で、相手は十七でした」

「そうか……拙者は家内を迎えるまで剣術の道場通いに精を出し、また気心の知れた仲間が何人もおったので、そいつらとつるみ、酒を飲んでばか話に興じておった。その頃はそれだけで何もいらなかった。したが、仲間の中で祝言を挙げたのは拙者が一番早かった。妻を迎えるのは嬉しかったが、仲間と以前のようなつき合いができぬのだと考えると、ちと寂しい思いだったがの」

「さようですか。奥様は頻繁に手紙を届けるお方でしたね」

「うむ。さほど美人ではないが、家の中のことはきちんとこなし、拙者の両親にも孝養を尽くすよい嫁である。武士の祝言というのは親戚同士で決められるもので、本人の意思など二の次だ」

「それはお武家様に限らないと思いますよ。町人でも祝言となったら、親や親戚の意見で決められますから」

「拙者は、家内に不満があった訳ではないのだ。浦田家にふさわしい嫁だと思っておる。したが、拙者はとことんおなごに惚れたことはなかった。惚れるというのがどういうことかも知らなかったのだ」

浦田は吉原の小見世の妓に会って、それがわかったと言いたいのか。長五郎は舌打ちしたいのを辛うじて堪(こら)えた。

「それでどうなさるんで？　敵方を身請けなさるんですかい」

長五郎は低い声で訊いた。

「身請けなどとんでもない。そんなことができるものか」

浦田はすぐに否定した。それを聞いた長五郎は少しほっとした。浦田に少しは分別が残っているようだ。

「しかし、敵方は遊女屋の妓ですよ。浦田様がどうでもご自分の気持ちを通すおつもりなら、そういう手順が必要かと思いやすが」

「身請けは三十両ほどの金が掛かるそうだ。今の拙者には、どの道、できない相談だ」

「そうですかね。浦田様の後ろ盾になって下さるお人にお縋りすれば……」

そう言った長五郎の言葉を遮るように、後ろ盾とは何んだ、と浦田は激昂した声を上げた。

「あいすみやせん。言葉が過ぎました」

長五郎は慌てて謝ったが、それからしばらく居心地の悪い沈黙が続いた。

「お前は何か拙者のことを聞いておるのか」

やがて浦田は訝しい眼になって口を開いた。

「ええ、ちょいと……」

「申してみよ」

「浦田様の敵方のいる小見世のお内儀が、浦田様のことで探りを入れているそうです」

「探りとはどういう意味だ」

「そりゃあ、浦田様に身請けなさる器量があるのかどうかってことでしょう」

「……」

「手前が心配しているのは、浦田様が小見世の妓に惚れたことじゃねェんですよ。男ならそういうことは、よくあることですからね。金の工面ができりゃ、敵方を身請けしたところで、手前は四の五の言うつもりもありやせん。ただし、不躾(ぶしつけ)を承知で申し上げますが、浦田様にそのような金の持ち合わせはないご様子。ならばどうするか。さきほど手前は後ろ盾と申しやした。紙問屋の旦那が宗様のお屋敷に品物を納めたいがために浦田様に取り入っているんじゃござんせんかい。紙問屋の言い分を呑めば、身請けも叶うはずです。しかし、後でそのことが公になった場合、浦田様のお立場は危うくなります。そこんところを手前は心配しているんですよ」

「居酒見世の親仁がそこまで知っていたとは驚きだ。何も彼(か)もお前の言う通りだ」

浦田はそう言って俯いた。

「苦しいお気持ちはお察し致しやすが」

「したが、相手も拙者と別れるなら死んだほうがましだと言っておる。たとい、後ろ指をさされる事態となろうとも、拙者は幾松と添い遂げたいのだ」

「敵方は幾松という源氏名なんですかい」

遊女の口説をまともに捉えている浦田が長五郎には哀れに思えた。万が一、そのためにお屋敷を追い出されたとしても、今の浦田は後悔しないだろう。だが、禄を離れた武士がどのような末路を辿るかは長五郎でもよく知っている。奇特な商家が藩の勘定方だった浦田に店の帳簿を改めさせるということはあるかも知れない。だがその商家は、例の紙問屋ではないのだ。藩と関係がなくなった浦田に紙問屋は見向きもしないはずだ。尾羽うち枯らした浦田の姿など長五郎は見たくなかった。しかしその時の浦田に何を言っても無駄なような気がした。

「ようくお考えになって下せェ。ささ、お疲れでござんしょう。お屋敷にお戻りになって、ゆっくりお休みなせェやし」

長五郎はそう言って浦田を促した。こくりと肯いた浦田は肩を落とした格好で鳳来堂を出て行った。

浦田が出て行くと、ため息が出た。その頃になると眠気と疲れがいっきに襲ってきた。

長五郎は店座敷に上がり、ちょいと横になって仮眠を取るつもりが、そのままぐっすりと寝込んでしまった。

遠くで半鐘（はんしょう）の音が聞こえるような気がした。

その音で長五郎は眼を覚ました。見世の中は真っ暗だった。つい、寝過ごしてしまったらしい。今が何刻（なんどき）なのかも定かにわからなかった。しまったという焦（あせ）りも覚えた。しかし、半鐘の音はやまない。擂（す）り半鐘（ばんしょう）に変わってもいた。至近距離の火事であることを知らせるものだった。慌てて外へ出ると、五間堀の通りを人々が火事場に向かって急ぎ足で駆けていた。その中に長五郎は酒屋「山城屋（やましろや）」の信吉（しんきち）の姿を認めた。山城屋は鳳来堂に酒を届けている店だった。

「信吉さん、火事は近いんですかい」

長五郎は大声で信吉に呼び掛けた。立ち止まった信吉は緊張した表情だった。

「六間堀の近くで火事が出たらしい。親父はかまくらが心配だから見て来いと言

「おいらも一緒に行きますよ」

慌てて六間堀の方角を見たが、そこからは火元がどこなのかわからなかった。

「え？」

ったのよ」

長五郎はすぐに言った。

「見世はいいのか？」

「こんな時、見世のことなんざ後回しですよ。どうせ、寝過ごして何も用意していないし」

「よし、行くぜ。和泉屋も近所だから、そっちも心配しているのよ」

「信吉さん、今、何刻でしょうか」

「五つ（午後八時頃）過ぎだ。お前ェ、まだ寝ぼけているんじゃねェのか。しっかりしろい！」

信吉は荒い言葉で長五郎に気合を入れた。

六間堀に架かる北ノ橋の手前に行くと、北六間堀町の西側に火の色が見えた。どうやら火元は八名川町（やながわちょう）らしい。しかし、その様子では手前の北六間堀町に火が移るのも時間の問題に思えた。北六間堀町にはみさ吉が身を寄せている和泉屋があった。かまくらも近くにあるが、火元からは少しずれていた。

七番組の火消し連中は早くも北六間堀町の家々を鳶口（とびぐち）を使って壊し始めていた。野次馬は六間堀の両側の通りにびっしりと繰り出していた。

荷物を積んだ大八車（だいはちぐるま）ががらがらと音をさせて通り過ぎる。女の悲鳴も聞こえた。通りは昼のような明るさである。長五郎は呆然と夜空を染める火を見つめていた。

「かまくらはうまく行けば助かりそうだが、和泉屋は無理だろうな。あ、塀を壊しやがった」

信吉は独り言のように呟（つぶや）いた。長五郎の胸も高く動悸を打ち始めた。みさ吉は無事だろうか。そう思うと、野次馬の人垣を掻き分けて前に出た。北ノ橋にも野次馬がいたので、その先の通りまで出るのに時間が掛かった。

和泉屋はまだ火が来ていなかったが、類焼を喰い止めるため、火消し連中は容赦なく建物を壊している。黒板塀が取り壊されると、火消し連中は玄関になだれ込んだ。和泉屋の背後に火が迫っているのがわかった。

土地の御用聞きが「危ねェから、どきやがれ」と叫んでも野次馬は一向に去る気配もない。長五郎は、野次馬の最前列で和泉屋の様子を見ている増川（ますかわ）という芸者の姿を認めた。増川は太った女なので、夜でも目立つ。増川の横に駒奴がいるのにも気づいた。

「姐さん」

野次馬に押されながら、長五郎は窮屈な格好で二人の傍に行った。駒奴は醒めたような眼で長五郎を見た。すっかり気が抜けている様子だった。

「みさ吉は、みさ吉は無事ですかい」

「知らないよう」

駒奴は気のない返事をした。

「みさ吉さんは、かまくらのお座敷に出ているはずですよ」

増川は駒奴より幾分、しっかりしていて、長五郎にそう言った。

「それじゃ、みさ吉の荷物は何も運び出せなかったんですかい」

「大将、あたしらだって肝腎かなめの物は持ち出せなかったんですよ。あたしったら動転して箱枕をしっかり抱えて外へ出ていたんですよ。そんな物はどうでもいいのにね」

増川は苦笑した。

「火消し連中が滅多やたらに水を掛けちまったから、どの道、着物も帯も使いものにはなりゃしない。お内儀さんなんて気を失って自身番に運ばれてしまいましたよ」

増川は太った身体を縮めるようにして続ける。

「これで和泉屋もお仕舞いだ」

駒奴はやけのように叫んだ。長五郎は何んと声を掛けてよいのかわからなかった。それよりみさ吉のことが心配だった。長五郎は通りを北へ進み、かまくらに向かった。

四

かまくらでは、友吉の家族や奉公人達がすでに荷物を纏(まと)めて逃げる準備を調(ととの)えていた。

「友さん」

着物を尻端折(しりっぱしょ)りして大風呂敷に荷物を詰めている友吉に長五郎は声を掛けた。

「来てくれたのけェ」

「ええ、ちょっと心配になったもので。何か手伝いますよ」

「そいじゃ、餓鬼どもの蒲団を一反風呂敷に包んでくれ。火消しの頭は、ここは大丈夫だと言ってくれたが、念のため逃げる用意をしているのよ。火事騒ぎがあった後じゃ、商売もすぐにできねェと思ってよ。女房の実家に身を寄せるつもりだ」

「さいですか。あの、みさ吉姐さんは帰ったんですかい。和泉屋の前まで行ったんですが、姿が見えなくて」

「和泉屋はどうなった」

友吉は真顔になって訊いた。

「見世のすぐ後ろまで火が迫っていたんで、火消しは鳶口を使って壊しておりやす。そこで喰い止めれば六間堀の東側まで火は移って来ないでしょう」

「そうか、和泉屋もやられたか……」

友吉は、やるせないため息をついた。それから、みさ吉は二階の大広間にいるぜ、と言った。

「みさ吉もすぐに帰ろうとしたんだが、少し酔っていたし、怪我でもしたら大変だから止めたのよ。その時は、和泉屋は大丈夫だろうと思っていたんだが」

みさ吉の無事を知って、長五郎は、ほっと安堵の吐息をついた。手早く友吉の子供達の蒲団を風呂敷に包み、内所（経営者の居室）の前に置くと、長五郎は階段を上って二階に行った。

　みさ吉は大広間の窓框（まどかまち）に斜めに腰を掛け、じっと外を眺めていた。

「姐さん……」

　そう声を掛けると、みさ吉はこちらを振り向き、ふっと笑った。駒奴と同じで気が抜けているのかと思った。

「ここからずっと外の様子を見ていたのよ。和泉屋はきれいさっぱり壊されちまった。建てる時は何ヵ月も掛かるのに壊すとなったら、あっという間ね。お蔭で酔いも醒めちまった」

　みさ吉は存外落ち着いた声で応えた。

「駒奴と増川姐さんは無事でした。お内儀さんは気絶して自身番に運ばれたそうですが」

「そう……」

「これからどうしますか」

「わからない」

「姐さんの身寄りは誰も残っていないんでげしょう」

「そうね。でも、惣助を奉公に出した後でよかった。親子で路頭に迷うなんてみじめだもの」

「身を寄せる所がないなら、そのう、鳳来堂に来ませんか。おいらは独り者ですから遠慮はいりませんよ。見世の二階には狭いですけど寝る部屋もありますし」

そう言うと、みさ吉はまじまじと長五郎を見つめ、それから「長五郎さんと枕を並べて寝るってこと？」と、訊いた。

「いえ、おいらは朝まで見世がありますから、姐さんが起きてから蒲団に入りますよ。ですから余計な心配はしねェで下さい」

「別に心配なんてしていない。でも、それはできないと思うのよ」

「なぜです？」

「親戚でもない長五郎さんに厄介になるなんて外聞が悪いじゃない」

「さいですか……外聞が悪いんですか。おいらは余計なことを喋ったみたいですね。勘弁しておくんなさい。そうですよね、和泉屋の旦那もいることですし、後のことはどうにかなりますよね。そいじゃ、おいらはこれで」

ぺこりと頭を下げて踵を返すと「ほら、やっぱりあんたはすぐに引き下がるのね。結局、あんたはそんな男なのよ。鳳来堂に来いって言ったのも口から出まかせなのね」と、みさ吉は長五郎の背中に憎まれ口を浴びせた。

「姐さん、ずい分な言い種じゃねェですか。火事に遭って住む所をなくした人に、誰が口から出まかせで手前ェのうちに来いと言うもんですか。少しはものの言い方に気をつけて下さいよ」

長五郎が、カッとして声を荒らげると、みさ吉はつかの間、黙った。長五郎がそんな口を返すとは思ってもいなかったらしい。

「だけど……あたしがそうしないことは察しがついていただろ？」

「いいえ」

「うそ」

「うそじゃありませんよ。こんな時は素直に人の親切を受けるのが利口ですよ」

「おあいにく。あたしは利口者じゃありませんから」

「姐さん、おいらの何が気に入らねェんで？　はっきり言ってくれ。惣助のことだって、ちゃんと面倒を見るつもりなんだ。あいつは幸い、おいらを慕ってくれている。おいら、滅法界嬉しいのよ。あんたが鳳来堂に身を寄せているとわかれば、あいつだって安心する。え？　そうじゃないのかい」

「息子を手なずけて、いい気になって」

だが、みさ吉は小意地悪く言った。

「惣助に構うなってことか？」

「そうね。そのほうがお互いにいいのじゃないかしら」

「お互いって誰と誰のことよ。そいつは姐さんだけの考えだろうが。少なくともおいらと惣助はそう思っちゃいない」

「どうだか」

「あんたがこれほどへそ曲がりだとは思わなかったよ。好きにするがいいさ」

突き放した言い方をすると、さすがにみさ吉は悔しそうに唇を噛んだ。その時、荒い足音が聞こえ、友吉が二階に上がって来た。

「長、とり敢えず、おいらは女房の実家に向かうことにするわ。板場の料理人達は残るそうだ。どうやら、火は収まりそうだからな。おいらは、今晩向こうに泊まって、明日になったら様子を見に戻って来るよ。どの道、火事場の後片づけで、当分、見世を開ける状態じゃねェだろう。いい骨休みだと思って、この際、ゆっくりするさ」

友吉はさばさばした口調で言った。

「さいですか。おいらもこれから見世に戻りますよ」

「みさ吉姐さんと一緒に？」

「いいえ。姐さんは、おいらの所に行くのは気が進まないそうです」

「気が進まないって、和泉屋は取り壊されて、泊まる所もなくなっちまっただろう。旦那とお内儀さんは親戚もいるからそっちへ身を寄せるだろうが、抱えている芸者衆や奉公人まで面倒見切れねェ。それぞれに落ち着き先を探さなきゃならねェ。目当ての家があるのけェ？」

友吉がみさ吉に訊くと、みさ吉は「いいえ」と低い声で応えて俯いた。

「うちの見世に泊まってもいいが、男達ばかりじゃ満足な世話はできねェし、おなご一人を残しちゃ、妙なことが起こらねェとも限らねェよ。どうでェ、ここは長に厄介になったほうがいいんじゃねェか。昔は惚れ合った仲だろうが。この際、意地を通すのは後回しにしてよ」

友吉は訳知り顔でそう言った。

「でも……」

みさ吉はそれでも曖昧に言葉を濁す。

「なに、ほんの二、三日のことだ。その内に和泉屋の旦那がこれからの段取りを調えるはずだ。それまでの辛抱よ。な、そうしな」

友吉が熱心に勧めると、みさ吉は「長五郎さん、いいの？」と心細いような声で訊いた。

「もちろん」

長五郎は早口で応えた。

「よし、決まったな」

友吉は、にッと笑い、肘（ひじ）で長五郎の脇腹を突いた。長五郎は苦笑しながら頭を下げた。

友吉がいなかったら、きっとみさ吉は最後まで首を縦に振らなかっただろう。さすがに友吉は料理茶屋の主だと、長五郎は思った。

それから長五郎はみさ吉と一緒にかまくらを出た。その頃になって、長五郎はようやく見世のことが気になっていた。酒は用意してあるが、満足な肴（さかな）がない。見世にあるのは冷やめしにさんまの干物、糠床の漬物ぐらいだった。

「これからお見世を開くの？」

みさ吉は心配そうに訊く。

「客が来れば、追い返す訳には行きませんよ」

「そうね。鳳来堂は朝までやっているのが評判のお見世ですものね」

「朝までやっているのはなりゆきですよ。土地の親分からは時々、早く見世を閉めろと叱られるんですが、なかなかそうも行かなくて」

「大変ね」

「暖簾を出して来なかったんで、今夜は客も諦めて帰ったかも知れない。まあ、それならそれでいいですけど」

「あたし、手伝いますよ」

みさ吉は張り切った声を上げた。

「姐さんは疲れているから、二階で横になって下さい。おいらは夕方に少し寝ていますから大丈夫ですよ」

「眠れるかしら。寝間着もないし……」

「二階に古い箪笥（たんす）があります。そこを開ければ、おっ母さんの着物が入っておりやす。よかったら使って下さい。浴衣も何枚かあるはずです」

「おっ母さんの物を大事に取って置いたの？」

「おっ母さんは一人娘で他にきょうだいもいなかったんです。引き取る人もいなくて、そのままにしていたんですよ」

「じゃ、普段着もあるのね」

みさ吉は眼を輝かせた。

「あると思いやす」

「よかった」

みさ吉は心底嬉しそうだった。

五

ようやく鳳来堂に着くと、見世に灯りが点いていた。灯りを点けた覚えはなかった。動転していたので、忘れてしまったのかも知れない。だが、中には人の気配も感じられた。おそるおそる油障子を開けると、梅次が火鉢の前で酒を飲んでいた。

「遅かったじゃねェか。大将がいなかったから、悪いが勝手に一杯やっていたよ。ちょうど惣助もやって来たんで、燗をつけて貰った」

梅次は機嫌よく板場へ顎をしゃくった。

「惣助」

慌てて板場に行くと、惣助は糠味噌の茄子を覚つかない手つきで刻んでいた。

「兄さん」

手拭いで向こう鉢巻にした惣助は安心したように笑顔を見せた。長五郎の後ろにいるみさ吉に気づくと、「あ、おっ母さん!」と大きな声を上げた。

「心配してここまで来たのかえ」

みさ吉は優しく言葉を掛ける。

「ああ、そうさ。菱屋の若お内儀さんが小名木川の近所で火事が出たらしいと教えてくれたんだよ。様子を見て来いと言われて、急いでやって来たのさ。和泉屋は壊されちまったし、おっ母さんの姿も見えない。それで、鳳来堂に行けば何かわかるかも知れないって来たんだけど、見世は真っ暗でさ、どうしようかと思っていたら梅さんが来て、中で待っていようと言ったんだよ。梅さんが八間(大きな釣り行灯)に火を点けてくれたのさ。それでも兄さんは帰って来ないから、梅さんが酒の燗をつけてくれって言ったんで、ちろりを出して火鉢の鉄瓶で燗をつけたのさ。その内に酒のあてを探せって言い出してさ、全く梅さんは人使いが荒いよ」

惣助は愚痴っぽく言ったが、表情は明るかった。酒の燗をつける段取りも、糠床に漬物があることも、惣助はとっくに呑み込んでいた。

「よし、後はおいらがやる。お前ェはお店に帰っていいぜ」

長五郎は帰りを心配して惣助を促した。

「帰る途中で町木戸が閉まってしまうよ。兄さん、今晩、泊まってもいいかい。若お内儀さんもそのつもりでいるから」

惣助は当然のような顔で訊いた。

「ああ、そういうことなら遠慮なく泊まってくれ。おっ母さんと久しぶりに一緒に寝たらいい」

「え？　おっ母さんも泊まるのかい」

惣助は怪訝な眼で訊く。

「和泉屋が壊されちまったんだから、ここに泊まるしかねェだろう。親戚もいねェし」

長五郎はみさ吉の代わりに応えた。

「それもそうだね。おっ母さん、よかったね」

惣助は安心したように笑った。みさ吉は鳳来堂に入った時から、やけにおとなしくなった。それが長五郎には可笑（おか）しかった。

梅次に漬物を出し、さんまの干物を焼いていると、かまくらの追い回し（料理人の見習い）が岡持ちを提げて現れた。

「大将、うちの旦那が使ってほしいとのことでした」
十五、六の追い回しは礼儀正しく言った。丸い手付きの岡持ちの蓋を開けると、豆腐、油揚げ、青物の束、卵の十ばかりが入っていた。
「いいのかい。あんたらの賄い料理もあるだろうに」

長五郎は気の毒そうに言った。追い回しは利発そうな眼をしていた。動作もきびきびしている。

「うちで使う分は取ってありますからご心配なく。ただし、豆腐は足が速いんで、早めに使って下さい」

「そいじゃ、ありがたくいただきますよ。旦那によろしく言ってくれ」

「はい」

追い回しは笑顔で返事をすると、みさ吉に目顔で肯き、軽い足取りで出て行った。

「かまくらは、いい若い衆を使っているじゃねェか」

梅次が感心したように言った。

「あの子、両親が早くに亡くなって、おばあちゃんに育てられたんですって。明るくて元気で、とってもいい子なのよ。惣助もそうなるといいのだけど」

みさ吉はぽつりと口を挟んだ。

「なに、惣助だって、なかなか気が利くよ。姐さん、心配すんな」

「ありがとうございます」

みさ吉は頭を下げ、梅次に酌をした。梅次は嬉しそうに顔をほころばせた。

「兄さん、卵があるね」

惣助は目ざとく言う。卵焼きが食べたいという顔だった。

「晩めしは喰わなかったのけェ？」

「食べたけど……」

「また腹が減ってきたということか」

「そういうこと」

惣助は悪戯っぽく笑った。長五郎は急いで米を研ぎ、水加減して竈に載せると、差し入れの豆腐と油揚げを使って味噌汁を拵えた。それから卵を割り、だしを注いで卵焼きの準備に入った。惣助はその間も板場から出て行こうとせず、長五郎の手許を見ながら、あれこれ埒もない話を続けた。やれ菱屋の旦那は若お内儀さんに頭が上がらないだの、三人の子供達は自分になついているだの、お内儀のおむらは蛇を見ても平気だが、ねずみは姿を見ただけで悲鳴を上げるのだのと。それは長五郎も知っていたことなので「そうだ、そうだ」と相槌を打つと、惣助は嬉しそうに笑った。

みさ吉は店座敷からそんな二人の様子を眩しいような眼で眺めていた。

めしが炊き上がると、長五郎は惣助に手伝わせて店座敷に運ばせた。みさ吉は、あたしはいいですよ、と遠慮したが、惣助が一緒に食べようよと言うと、それじゃ、と箸を取った。みさ吉も空腹だったらしい。丼めしと味噌汁をきれいに平らげた。梅次も酒を仕舞いにしてめしを食べた。鳶職の宇助は町火消しの御用に手間取り、その夜は鳳来堂に訪れそうもなかった。

梅次が帰ると、長五郎は惣助とみさ吉を二階に促した。育ち盛りの惣助をいつまでも起こしておく訳には行かない。朝の客が引けたら浅草に送るつもりだった。使った食器を洗っていると、階段から足音がして、みさ吉が戻って来た。

「長五郎さん、見て。あんたのおっ母さんの着物よ。似合うかしら」

みさ吉は縞の袷に黒とえんじ色の昼夜帯を締め、くるりと回って見せた。長五郎にも覚えのある着物と帯だった。一瞬、母親がそこに現れたような気もした。

「姐さんが着ると普段着も粋に感じますよ」

長五郎は手を動かしながらそう言った。

「お口がお上手だこと。ご商売を長くしていると無口な長五郎さんでもお愛想のひとつやふたつは覚えるのね」

「おいら、無口じゃねェですよ」

「そうだっけ？」

悪戯っぽい表情をしたみさ吉は、いつものみさ吉と様子が違っていた。

「惣助、本当に長五郎さんを慕っているのね。驚いちゃった。この見世でも気儘に振る舞っていたし」

みさ吉は店座敷の縁に腰を下ろして続けた。

「可愛がってやれば、犬でも猫でもその内になついてくるもんです」

「惣助は犬猫と同じなの？」

「もののたとえですよ」

みさ吉は喉の奥でくくっと笑うと、見世の中を興味深そうに眺めた。それから真顔になって「長五郎さんは、どうして独りでいたの？　おかみさんになってくれる人はいなかったの？」と訊いた。長五郎は苦笑したが、何んと応えていいかわからなかった。

「まさか、あたしのことが忘れられなかったってことでもないでしょうに。あら、こんなことを言うとうぬぼれに取られるかしら」

みさ吉は上目遣いで長五郎を見る。

「気にはしていましたよ。でも、おいらが独りでいたのは、なりゆきですよ。姐さんが向島へ行った後、親父が死んで、おいらはおっ母さんが心配で菱屋を辞めて戻って来たんですが、親父のように古道具を商う才覚がなかったんです。どうするかなあと思案していた時に居酒見世をしようかってことになり、しばらくおっ母さんと一緒に商売をしていたんですよ。まごつくことばかりで、女房を持つなんて考える暇もありやせんでした。ようやく商売が波に乗ってきたなと思った頃におっ母さんがいけなくなっちまいました。ひとりぼっちになったおいらは昼間に見世を開けるのも面倒で夜中の商売をするようになりやした。そのせいでますます縁遠くなったという訳ですよ」

「長五郎さんも色々大変だったのね。でも、惣助がいなかったら、あたしと長五郎さんは昔のことを笑い話にできたのにね。あたしはもっと気軽に鳳来堂に来ていたかも知れない」

「さいですね」

「一度や二度、枕を交わしたところで、あたしらの世界じゃ、別に驚くことでもないし。でも、子供が生まれたとなると事情が変わってしまう。長五郎さんが、てて親だってことは、惣助に一生ついて回るのよ。それはすごいことだとつくづく思うの。大きくなるにつれ、一丁前の口を利いて、人として生きていますって顔をするのよ。こっちだって年ばかり喰って、心持ちは子供の頃のまんまなのにね。だけど、曲がりなりにも親になったんだから、それらしくしなきゃとは思うのよ」

「姐さん、おいらは、てて親だと名乗りを上げるつもりはありやせん。知らなかったこととはいえ、姐さん一人に惣助を押しつけてしまいやした。姐さんが今さら親面するなという気持ちもわかるんですよ。だからこれからも、惣助をそっと見守るだけにします」

「そう……」

「でも、今夜は姐さんが鳳来堂に来てくれたんで、惣助も喜んでいました。よかったですね」

「長五郎さんは惣助が生まれてよかったと思っているの？」

「もちろん。おいらはきょうだいもいませんし、身内と呼べる者が一人でもいると思えば気持ちに張りが出ますよ」

そう言うと、みさ吉は、ふっと笑った。

「ありがと。それを聞いて、あたしも嬉しい。それじゃ、お仕事の邪魔をしてはいけないので、あたしはお先に休ませていただきます」

みさ吉は腰を上げた。

「朝になったら惣助を菱屋に送りますから、姐さんはゆっくり寝てていいですよ」

「恩に着ます」

みさ吉は頭を下げると、静かに二階へ引き上げて行った。この先、どうなるかはわからなかったが、同じ屋根の下にみさ吉と惣助がいると思うだけで長五郎は倖せな気持ちだった。その気持ちを忘れたくないとも思った。

六

本所のやっちゃ場（青物市場）の連中が帰り、長五郎はようやく見世の暖簾を下ろした。

それから二階にいる惣助を起こした。惣助はまだ眠そうだったが、着替えを済ませて階下にやって来た。納豆めしと昨夜の味噌汁を食べさせてから、裏の井戸で顔も洗わせた。

惣助の寝乱れた頭をきれいに撫でつけてやってから二人は鳳来堂を出た。

浅草まで送るつもりだったが、惣助は竹町の渡し場で、ここでいいと言った。

その先は一人で帰れるという。

「お菊ちゃんによろしくな。しっかり奉公するんだぜ」

そう言うと惣助は「くどいなあ。そんなことわかっているさ」とへらず口を叩いた。

惣助の後頭部を柔らかく張って、長五郎は、ちょうどやって来た舟に惣助を乗せた。舟が岸から離れると、惣助はしばらく手を振っていた。背丈は高いが、まだ肉がついておらず、細い身体つきである。よくここまで大きくなったものだと、長五郎は感慨深い思いだった。

長五郎は向こう岸に舟が着くまで、そこにじっと立っていた。舟から降りた惣助は、もう帰れという仕種をして、浅草広小路に向けて去って行った。

空は曇り空だった。長五郎は少し心寂しい気持ちを抱えて鳳来堂へ踵を返した。二ツ目橋を渡り、竪川沿いを六間堀に向かって歩いていると、やけに人の声が騒がしく聞こえた。六間堀に架かる山城橋には人垣ができていた。

ひょいと堀に眼を向けると、小舟に乗った二人の男が堀に浮いていた土左衛門を引き上げようとしていたところだった。昨夜の火事騒ぎで足を滑らせ、堀に落ちた者がいたのだろうか。それにしては惣助と一緒に歩いていた時、そんな様子はなかったと思う。土左衛門は女だった。赤い蹴出しがめくれ、太腿が露わになっている。髷も崩れて髪がわかめのように水の中で揺れていた。しかし、蠟のように白くなった顔に幾つもの瘡があるのを見た途端、長五郎は震撼した。それは夜鷹のおしのによく似ていた。

男達がようやく水死体を引き上げると、人垣から一斉に安堵の吐息が洩れた。

「おろく見物か」

後ろで聞き慣れた声がした。振り向くと浦田角右衛門が立っていた。外の騒ぎに気づき、屋敷から出て来たのだろう。

「知り合いのような気がするんですよ。間違いならいいですけど」

「夜鷹に知り合いがいたのか。顔の広いことで」

浦田は皮肉な言い方をした。

「夜鷹だってことをご存じだったんで？」

「うむ。屋敷の周りをうろちょろしておったので、失せろと怒鳴ったことがある」

やはりおしのなのか。小舟に引き上げられた水死体はすぐに筵が被せられたので、それ以上、確かめることはできなかった。

「このような人目に立つ場所で死ぬとは業晒しなおなごだ。まあ、夜鷹のなれの果ては多かれ少なかれ、このようなものだろうが」

浦田は苦々しい表情で続けた。そのもの言いに長五郎は、むっと腹が立った。

「好きで夜鷹になった訳じゃありやせんよ。人にはそれぞれ事情がございやすからね」

「何んの事情があるというのだ。所詮、金ほしさに手っ取り早く色を売っていたおなごだろうが」

「吉原の妓とは違うとおっしゃりたいんですかい」

「何を！」

「夜鷹のおしのさんは深川芸者だったんですよ。その当時は結構な売れっ子だったそうです。でも、惚れた男が悪かったんですよ。一緒になったはいいが、金に詰まって落ちるところまで落ちてしまった。間夫は最期までおしのさんと一緒にいたはずです。間夫と切れていたら、おしのさんは、もう少しいい目を見ていたと思いますよ。だが、おしのさんはそうしなかった。惚れ抜くというのも、これで命懸けなことだと思いますよ。浦田様にそのお覚悟があるかどうかは存じやせんが」

「お前がこれほど無礼な口を利く男とは思わなかった。拙者はもう、鳳来堂には行かぬ」

浦田は怒気を孕ませた声で言った。

「それはお好きなように。ただ、あのおろくを他人事と思わねェで下せェ。浦田様の敵方も最期はあのようなことにならねェとは限りやせんからね。手前が申し上げてェのはそれだけです。そいじゃ」

長五郎はそう言って頭を下げると、浦田の前から離れた。だが、歩き出して長五郎は後悔していた。吉原の小見世の妓にのぼせた男には何を言っても無駄なことだった。

重い気持ちを抱えて鳳来堂に着くと、みさ吉が獅嚙火鉢をからぶきしながら長五郎を待っていた。

「惣助を送って来ました」

「ありがとうございます。その辺をざっと掃除しておきましたよ」

「そんなこと、いいのに」

「暗いお顔をしているのね。何かありまして」

「うちの見世に時々来ていた夜鷹が、六間堀に浮いていたんですよ」

「死んだの？」

みさ吉は眼を大きく見開いた。

「ええ……」

「深川の芸者さんでしたよね」

「知っていたんですか」

「意気地と張りがあって、気持ちのいい人でしたよ。夜鷹になったことは駒奴から聞いて、気の毒だと思っていたんですよ」

「おしのさんには……その人の名前ですが、惣助のことを最初に相談してるんです」

「まあ、どうして」

「どうしてって、他に相談する人もいなかったからです。おしのさんには、なるようにしかならないから、そっとしておけと言われました。下手に手を出せば母親に恨まれるかも知れないってね」

「そんなことを言ったの」

「間夫との経緯も聞きました。おいら、その時、姐さんと別れた時のことを考えましたよ。あのまま姐さんと手を取り合って逃げたら、どうなったかってね。きっと、おしのさんと似たような道を歩んだんじゃなかろうかと。姐さんは早まったことをしなかった。姐さんは利口だったと思います」

「湊屋のご隠居の世話になったあたしを恨んでいないの?」

「その時は気落ちしましたけれど、今になると、あの頃のおいらには何もできなかったと思うんです。ただ、おろおろしただけでしょう。だから、あれでよかったんですよ」

「ありがと。長五郎さんの正直な気持ちを聞いて、あたしも少し気が楽になった。長五郎さんを裏切ったこと、ずっと負い目に感じていたから」

「そんな、負い目だなんて、おいらのことなんて気にしなくていいのに」

「これからのことは……」

みさ吉は胸に掌を当てて言った。

「へい」

「おしのさんの言う通り、なるようにしかならない」

「……」

「和泉屋の旦那とお内儀さんの様子を見てきます。見世を立て直せるかどうかが問題ね。立て直せるとしても、少し時間が掛かると思うの。長五郎さん、それまでここにいていい？」

「も、もちろん」

長五郎の声が思わず上ずった。

「当分は惣助のてて親だけでいて。あたし達が立て直せるかどうかは、また別の話だから」

「そうですね」

お先走らないみさ吉は、それだけ大人になったということだろうか。先のことはわからないが、長五郎は僅かに希望の光が自分に射すのを感じた。惣助とみさ吉が傍にいれば、他にほしいものはないと思っていたからだ。

「おしのさんに線香を上げて来て。おしのさん、きっと喜ぶと思う」

みさ吉は、ふと思い出して言った。

「そうします」

「おしのさんの権兵衛名（源氏名）は確か桔梗だったわね」

その話は初耳だった。

「桔梗ですか。でも、どうしておしので通していたんですかね」

「それは桔梗という名が知れ渡っていたから、隠したかったのじゃないかしら。普通はその逆で本名を隠すものですけどね」

「本名のおしので最期を迎えたってことですかい」

それはそれで潔いような哀れなような、複雑な気持ちだった。

「桔梗は秋の花よ。その名の通り、桔梗の咲く頃に逝くなんて、存外、後生のいい人なのかも知れない」

そう言ったみさ吉は、また獅噛火鉢を磨き出した。汚れで曇っていた獅子の眼が元の光を取り戻し、長五郎を憎々しげに睨んでいる。いい気になるなと言われたようで、長五郎は思わず肩を竦めた。どうしたの、獅子が怖いの？　みさ吉はからかうように笑う。長五郎は空咳をして取り繕った。

鐘が鳴る

一

師走に入った江戸は厚い雲が空を覆い、木枯らしの吹く日が多い。

木枯らしは路上の砂埃とともに落ち葉を舞い上げる。本所五間堀の居酒見世「鳳来堂」の辺りは風の吹き溜まりになるのか、鳳来堂と隣りの味噌屋の納屋の間には吹き寄せられた落ち葉がいつも積もっていた。

鳳来堂の主の長五郎は、近頃、外の落ち葉を塵取りに集め、裏庭へ運ぶのが日課となった。落ち葉は、たき火をして燃やしたいのだが、それをするには風が気になる。うっかり火事でも出したら一大事である。風が収まるのを待っている内、裏庭には落ち葉が小山をなしているというありさまだった。

隣りの納屋は長五郎が「信州屋」という味噌屋に貸しているものである。信州屋はその中に仕込みをした味噌樽や店に収め切れない品物を保管していた。店賃をいただいている手前、せめて掃除ぐらいしてやるのが家主の心得だと長五郎は思っている。

納屋は月六百文と、裏店並の安い店賃だが、鳳来堂の実入りがよくない時、それでも大層助かっている。鳳来堂の客の中には店賃を値上げしろとけしかける者もいたが、信州屋の先代の主は長五郎の両親と親しくしていた人間なので、とてもそれはできなかった。

外の掃除をする長五郎は父親の形見の綿入れ半纏を羽織っていた。元は芝居小屋の定式幕だったものを父親がどこからか持って来て、母親に無理やり拵えさせたのだ。

父親は大層、その半纏が気に入っていた。冬の綿入れだけでなく、袷、単衣の半纏もある。季節によって使い分けていたのだが、人の眼には、いつも同じ恰好をしているように見えただろう。長五郎は寒い冬の季節になると父親の綿入れ半纏を羽織るようになった。綿が多めに入っているので、とても暖かい。

袷や単衣の半纏には滅多に袖を通さない。長五郎は、父親ほど定式幕の色合が好きではなかった。だいたい、ひと目で芝居の幕だとわかるものを身に纏うなど気が知れない。長五郎は父親とは違って、万事控えめな男だった。しかし、綿入れ半纏だけは別だ。他に手持ちの物がなかったせいもある。母親は長五郎にも綿入れ半纏を拵えてくれた。ねずみ色の地に紺の縦縞が入ったものだった。それは長五郎も気に入っていたのだが、奉公していた「菱屋」という質屋の主がほしがったので進呈してしまった。菱屋の当時の主は長五郎の伯父に当たる男だった。そのことで、後で母親に大層叱られた覚えがある。

「ひと口に綿入れ半纏と言ってもね、仕立てるには大変なんだよ。中に入れる綿の加減もあるし、丈の長さを慎重に決めなけりゃ、つんつるてんになったり、じょろりとどてらのようになったりするんだ。あたしの苦労も知らず、簡単にやっちまうなんて……義兄さんも義兄さんだ。店の蔵の中を探したら、質流れになった綿入れ半纏の一枚や二枚ぐらいあるだろうに」

「だって、伯父さんはあれがいいって聞かないんだから仕方ないだろ?」

「本当にもう……」

母親はいつまでもぶつぶつと文句を言っていた。そのせいか、母親は二度と長五郎に綿入れ半纏を拵えてくれなかった。長五郎はそれこそ、菱屋の質流れの綿入れ半纏を着て、寒い冬を過ごしたのだ。

父親が亡くなり、長五郎は菱屋を辞めて本所五間堀の実家に戻って来た。父親の綿入れ半纏を着るようになったのは、それからである。父親と仲がよかった酒屋「山城屋」の主の房吉は長五郎が綿入れ半纏を着ているのを見て「びっくりしたぜ。後ろ姿は音松と瓜ふたつだ」と驚いていたものだ。音松は長五郎の父親の名前だった。

　落ち葉の始末をつけて見世の前に戻ると、白いものがちらついていた。冷えると思ったのも道理で、雪になったらしい。長五郎はため息をついて、目の前の五間堀に降る雪を見つめた。

　今年も様々なことがあった。暑い夏が終わり、秋の気配になったと思っていたら、もはや師走で雪が舞っている。光陰矢の如し、とはよく言ったものだ。だが、そんな短い間にも変化が訪れるのだから世の中はわからない。長五郎は息子の惣助と出会い、その母親のみさ吉とも再会した。

　みさ吉は六間堀にある「和泉屋」という芸妓屋から芸者に出ていた。和泉屋は火事に遭い、今は新しい見世の普請中である。和泉屋の主は何んとか正月前までに見世を完成させ、商売の損を取り戻そうと躍起になっているようだ。

　火事に遭った時、みさ吉は身を寄せる所がなかったので、ひと廻り（一週間）ほど鳳来堂にいた。だが和泉屋の主は同業の見世に声を掛け、自分の見世が完成する間、抱えている芸者がお座敷に出られるよう頼み込んでいたらしい。深川の八幡様近くの芸妓屋から知らせが来ると、みさ吉はすぐにそちらへ移って行った。

長五郎は、みさ吉が深川へ行く時、ずっと鳳来堂にいてほしいとは言えなかった。みさ吉も、まさか長五郎がそんなことを言うとは微塵も考えていなかったらしい。長五郎の母親の着物と帯を借りて、みさ吉は「それじゃ、長五郎さん。色々お世話様。落ち着いたら改めてご挨拶に伺いますよ」と、あっさり言って出て行った。女手ひとつで息子を育てて来たみさ吉だから、他人の力に頼るつもりがさらさらないのはわかるが、長五郎は何んだか寂しかった。だいたい、みさ吉が鳳来堂にいた時でも色っぽい場面になど一度もならなかった。

みさ吉は見世と二階の寝間の掃除に余念がなかった。男やもめの長五郎が気づかない所まで、きれいさっぱり片づけてくれた。お蔭で家の中はすっきりしたが、ただ、それだけで終わったような気がする。十年という歳月は男と女の間のそこはかとない感情まで消してしまうものらしい。みさ吉と自分は今後、男と女の仲には戻れないのだと長五郎は内心で思っていた。

しかし、年が明けて少ししたら、藪入り(やぶい)を迎える。その時は菱屋に奉公している惣助が鳳来堂に顔を出すはずだ。長五郎は張り切ってうまい物を食べさせてやろうと、今から心積もりしていた。

見世の掃除をざっと済ませると、長五郎は買い物籠(かご)を携(たずさ)えて仕入れに出た。

さて、今夜はどんな肴を出そうか。寒い冬は葉物野菜の味が増す。温かい鍋物の注文も多い。湯豆腐、寄せ鍋、魚の煮付け、きんぴらごぼう、青菜のお浸し、糠漬けの香の物、などなど。さして代わり映えのしない献立だが、常連客の喜ぶ顔を見ると、長五郎も自然、張り切ってしまうのだ。

仕入れを終えて五間堀に戻ると、意外にも見世の前に惣助が立っていた。藪入りまで顔を見られないものと思っていたので、長五郎の気持ちは弾んだ。惣助も長五郎に気づくと、ふっと笑顔を見せた。

「仕入れですか」

惣助は長五郎の買い物籠を見て訊く。

「ああ。だいぶ待たせたかい」

「いえ、今さっき来たばかりです。正月用の塩鮭をいただいたんですが、若お内儀さんが兄さんにお裾分けをしたいとおっしゃったんで、持って来ました」

「そいつはどうも。だが、おいらが貰ったんじゃ、菱屋で喰う分が足りなくなるんじゃねェのかい」

「大丈夫です」

「そうかい。お菊ちゃんによろしく言ってくんな。どれ、中に入って、茶でも飲んで行きな」

「ありがとうございます」

惣助が持ってきたのは大きな鮭の半身だった。それを板場に置くと、長五郎は茶の用意を始めた。

「兄さん、ずい分、派手な半纏を着ていますね」

惣助は店座敷の縁に腰を掛けると、からかうような口調で言った。

「これか？　うちの親父の形見なのよ。うちの親父は芝居の定式幕の色が、滅法界に好きな男でよ、どこからか、いらない幕を貰って来ると、お袋に作らせたんだ」

「へえ、変わった人ですね」

「年中、この半纏を着ていたから幕張の音松と渾名で呼ばれていたのさ。もうその渾名で呼ぶ人もいなくなったが」

「そんな人のことを、どうして若お内儀さんはおいらに似ているなんておっしゃるんでしょうね」

不意を衝かれて、長五郎は言葉に窮した。

そのことは、長五郎も以前にお菊に言われたことだが、あくまでも、二人の間の話である。まさか惣助に洩らしていたとは思いも寄らなかった。

「この頃、おいら、いろんなことを考えるんですよ。もしかして、兄さんはおいらの親父なのかってね」

惣助は低い声で続ける。

「つまらねエことは考えるな」

茶の入った湯呑を差し出して長五郎は言った。

「つまらねエことですかね」

「ああ、そうさ。みさ吉姐さんはお前ェを抱えて今まで踏ん張って来たんだ。みさ吉姐さんはお前ェのてて親のことなんざ、最初っからあてにしていなかった。立派じゃねエか。お前ェも頼りにならねェてて親のことなんざ、考えねェほうがいいと思うぜ」

「それはそうですけど、実のてて親のことは、子供なら知りたいと思うものですよ」

「そういうもんかな」

「そういうもんです。兄さんだって、てて親と離れて暮らしていたら、会いたくなると思いますよ。きっと、その芝居の幕を半纏にした男の姿をきょろきょろと捜し回るんじゃないのかな」

両親が夫婦別れしたとしたら、自分はどうなっていただろうと、ふと長五郎は思った。

恐らく五間堀にはいなかっただろう。母親の実家に身を寄せ、菱屋でなく、別の商家に奉公していたと思う。父親が古道具屋をしていると知れば、きっと会いに行っただろう。

だが、自分と惣助の事情は全く異なるのだ。長五郎は、惣助が自分の息子であるとは十年近くも知らずにいた。今さら親父面（づら）する訳にはいかない。みさ吉に対しても申し訳がない。

それでいて、大人の勝手な都合で振り回されている惣助が長五郎には不憫（ふびん）でもあった。

「お前ェのてて親のことは、いつかおっ母さんが明かしてくれるだろう。それまで待っててやんな」

「兄さんは違うということなんですね」

惣助はまっすぐに長五郎を見つめて訊く。

「ああ、違う」

そう応えると、惣助は深いため息をついた。

「お菊ちゃんには、つまらねェことを喋るなと言っておくよ」

長五郎は早口で言い添えた。

「別にそれはいいです」

意気消沈した惣助はゆっくりと腰を上げた。

「お茶、ご馳走様です。そいじゃ、おいらは帰ります」

「渡し場まで送ってやろう」

「いいです。一人で帰れますから」

「年が明けて藪入りになったら、ここへ来いよ。待っているから」

「和泉屋は、その頃には新しい見世となっていますから、そっちへ行きますよ。兄さん、おいらのことは、もう気にしないで下さい」

「だって、おっ母さんは色々忙しい身体だ。おいらがその代わりにお前ェの面倒を見ると言ったはずだ」

「ええ、それは覚えています。だけど、見ず知らずの他人に甘えるのはどんなものかと考えるようになったんですよ」

「見ず知らずの他人って……」

惣助の切って捨てるような言い方に長五郎はとまどった。

「兄さんはまだ若い。これからおかみさんを貰うかも知れませんよね。そうなったら、おいらがいたんじゃ目障りですよ。実の倅でもない者に情けを掛けることはありませんよ」

そう言った惣助は醒めた眼をしていた。いや、反抗的な感じさえした。

「菱屋で何んかあったのか？　遠慮はいらねェから喋ってくんな」

「何もありませんよ。ただ、おいらの正直な気持ちを言ったまでです」

「そうかい。ま、お前ェがおいらに頼りたくねェと言うなら、仕方がねェな。好きにしな」

「はい、好きにします。そいじゃ」

惣助はこくりと頭を下げると足早に見世を出て行った。その調子では、藪入りの日も鳳来堂に顔を出さないのではないかと思った。

惣助には惣助なりの考えがあると思うが、何んだかいつもと様子が違っていた。

その日一日、長五郎は惣助のことがひどく気になって仕方がなかった。

二

とはいえ、暮六つ（午後六時頃）が過ぎると長五郎は見世前に暖簾を掛け、客を迎える準備を調えた。

鳶職の宇助は左官職の梅次と一緒に現れた。酒屋の山城屋には酒の注文をしていたので、房吉の息子の信吉がほどなく届けに来た。信吉は酒の菰樽を見世の中に運ぶと、表に大八車を置いたまま、客に早変わりした。いつものことである。

突き出しにきんぴらごぼうの小鉢を用意し、後は鰤の刺身や鰈の煮付けを客の求めに応じて出した。

五つ（午後八時頃）過ぎに鳳来堂の近くの宗対馬守の中屋敷に務める浦田角右衛門が、ふた月ぶりに顔を出したので長五郎は驚いた。

浦田とはちょっとしたことで諍いとなっていた。売り言葉に買い言葉で、浦田から、もう鳳来堂には行かぬと長五郎は言われた。長五郎も意地になってお好きなように、と応え、無駄な愛想はしなかった。

浦田は二度と鳳来堂に足を向けないものと思っていたので、そうして浦田がやって来たことは、単純に長五郎は嬉しかった。むろん、諍いになったことを蒸し返すつもりもなかった。

「お酒ですかい」

店座敷に座った浦田に長五郎は笑顔で訊いた。

「うむ」

浦田は気後れした表情で応える。以前より落ち着いたように見えるのは気のせいだろうか。梅次はほろりと酔った顔で「浦田様、お久しぶりでございやす。お務めが忙しかったんですかい」と声を掛けた。

「まあ、そんなところだ。梅さんも宇助さんも元気そうで何よりだ」

「へい、こちとら、元気だけが取り柄なもんで」

「人間、それが一番だ」

ちろりと突き出しの小鉢を浦田の前に運び、長五郎は酌をした。浦田はひょいと顎をしゃくり「拙者、鳳来堂の敷居が高くて、なかなか入るのに往生した」と、冗談交じりに言う。

「こんな小汚ねェ居酒見世に敷居が高いも何もありやせんよ」

「いや、お前のことはずっと気にしていたのだ。いつぞやは無礼を致した。許せ。

拙者もあれから色々あったが、ようやく気持ちの整理がついたところなのだ」

浦田は改まった顔になって言った。

「手前のことなんざ、お気になさることはありやせんよ」

長五郎は浦田をいなすように応えた。

「それでの、実は来年の三月に国許へ戻ることと相(あい)なった」

「それはそれはおめでとうございやす」

「なに、さしてめでたくはないが、江戸を離れるとなれば、何やら心寂しい思いも致しておる。今までは早く国許へ戻りたいとばかり思うていたのにな。人は勝手なものだ」

浦田は自嘲的な口調で言った。長五郎と諍いになったことも気にしていた様子で、今夜は仲直りに訪れたのだろう。長五郎は浦田と吉原の小見世にいた妓(おんな)のことが気になったが、他の客の手前、敢えて口には出さなかった。

信吉は二合の酒を飲み干すと、ほろ酔いで帰って行った。それから小半刻(こはんとき)（約三十分）後に梅次と宇助が帰ると、入れ違いに六間堀の料理茶屋「かまくら」の主の友吉(ともきち)が肩をすぼめるようにして見世に入って来た。外は冷え込んでいるらしい。友吉は浦田を見て「おッ」と声を上げた。

「浦田様じゃござんせんか。お久しぶりでございます」

友吉は如才なく挨拶すると浦田の傍に腰を下ろした。

「うむ。そちの見世は火事騒ぎで大変だったのう。遅ればせながらお見舞い申し上げる」

浦田が小さく頭を下げると「とんでもねェ」と友吉は恐縮した。

「うちはほんの少し見世を休んだだけで、大したことはありませんでしたよ」

「さようか。それは何より」

「友さん、浦田様は来年の三月にお国許へ戻られるそうですよ」

長五郎が口を挟むと、友吉は眉間(みけん)に皺(しわ)を寄せ、浦田様、あっちのほうは片がついたんですかい、と訊いた。浦田はなぜか、そう言った友吉ではなく長五郎の顔を見た。

「手前は何も喋っちゃおりやせん」

長五郎は慌てて言った。

「いや、拙者のことで、皆に心配を掛けてしまったようだ。重ね重ねお詫び申し上げる」

浦田は律儀に頭を下げた。

「で、どうなんです？」

友吉は浦田ににじり寄って、まじまじとその顔を見つめた。

「そのようにじっと見られてはきまりが悪い」

浦田は照れているのか、酒の酔いなのか、顔を赤くした。

「何を小娘みたいなことをおっしゃっているんですか。さあ、今夜は洗いざらいおっしゃっていただきますよ。お国許に愛しいお人をお連れなさるんですかい。これから奥様との修羅場が始まりますよ」

友吉は調子に乗っていた。鳳来堂に来る前に一杯引っ掛けてきた様子もあった。

「いや、吉原の妓とは切れた」

ぽつりと浦田は言った。幸い、友吉と浦田の他に客がいなかったので、長五郎も店座敷に斜め掛けして浦田の話に耳を傾けた。

「拙者は幾松に心底惚れていた。幾松というのは敵方の妓のことだ。吉原へ行くと決めた日は、朝から胸がどきどきして平静ではいられぬほどだった」

「浦田様のお気持ちはよくわかりますよ」

友吉は酒の入った猪口を口に運びながら相槌を打つ。

「幾松と過ごす夜は身も心もとろけるようだった」

浦田はその時のことを思い出すかのように、うっとりとした眼になった。幾松が傍にいれば、浦田は他にほしいものなどなかったという。幾松への執心ぶりを察した小見世の主とお内儀は、それとなく浦田に身請けの話をするようになった。もちろん、浦田には身請けできるほどの金の持ち合わせがなかった。

しかし、そこに宗対馬守に取り入りたいと考えていた浅草の紙問屋の主が浦田に近づき、手前に任せて貰えば悪いようにはしないと囁いた。いや、吉原で遊ぶ掛かりは、すでにその紙問屋から出ていたのだ。その話はみさ吉の朋輩芸者である駒奴(こまやっこ)から聞いていたが、友吉も長五郎も余計な口は挟まなかった。

浦田は毒を喰らわば皿まで、という気持ちでもいた。浦田はその見返りに紙問屋の品物を屋敷へ入れるよう取り計らえばよかったのだ。五間堀の中屋敷だけでも一年に相当の紙を消費する。書類に使う物はもとより、厠(かわや)の落とし紙まで、その紙問屋が手掛ける品物は多岐に亘(わた)った。かなりの実入りが期待できると紙問屋の主は踏んでいたのだ。おまけに大名屋敷御用達(た)しの看板を掲げれば箔(はく)もつく。

浦田は八割方、心を決めていた。この先は国許へ戻らず、どこか家を求めてそこで幾松と暮らそうと思っていたのだ。幾松があからさまに身請けを急(せ)かさないことにも愛しさが募(つの)っていた。だが、浦田はその一方で、いつかは、幾松に対する気持ちが冷めるのではないかということを危惧していた。顔を見れば、そんなことは忘れているくせに、一人になると漠然とした不安が胸に拡がるのだった。

浦田は二度、国許の妻が泣いている夢を見たと言った。妻は浦田の行状を知らないはずなのに、なぜかすべて見透かされているような気がしてならなかった。

「妻の夢を見たと幾松に言った時、幾松は悋気（嫉妬）なのか、せせら笑いを洩らしたのだ。何が可笑しいと拙者は訊いた。すると幾松は、うら様は、わっちとここでしっぽり濡れておりいすから、奥様もお国許でどこぞの殿方と睦まじくしておりいすよ、と応えたのだ。拙者はむかっ腹が立って、妻はそのようなおなごではないと怒鳴った。すると、その拍子に、あれほど昂ぶっていた気持ちが、すっと冷めたのだ。あれはいかなる力のなせる業なのか、今でもよくわからぬ」

浦田は幾松に「うら様」と呼ばれて脂下がっていたようだ。

「まあ、ちょうど潮時というものでしたのでしょう」

友吉はつまらなそうに応えた。

「しかし、その幾松さんとやらには引き留められやしたでしょう」

長五郎は後の展開を予想して言った。

「いかにも。何より紙問屋の主が、手前がここまで便宜を計らったことが水泡に帰したと大袈裟に嘆いたのよ」

「小見世の揚げ代を返せと言われたりしやせんでしたかい」

長五郎は心配して訊く。

「そこまでみみっちいことは言わぬ。向こうも下心があってのことだからな。それで、拙者は罪滅ぼしに務めを終えた後に浅草へ行き、店の帳簿整理を買って出た。勘定のできぬ番頭ばかりで、実にずさんな帳簿だった。このようなことでは、いずれ店が傾くことになると大いに脅してやった。畏れ入っていたよ」

浦田はようやく愉快そうに笑い声を立てた。藩内で勘定方に属する浦田は算勘の技に長けている。商家の帳簿の改めなど易きことだったに違いない。幾松から気をそそるような手紙が何通も届いたが、浦田は二度と吉原に足を向けていないという。

「本当に踏ん切りはついたんでございやすか。未練はないと誓っておっしゃることができますかい」

長五郎はそれでも心配で、言わずにはいられなかった。

「亭主、もはや言うな。拙者はよい勉強をしたと思うておる。いずれ、妻には包み隠さず、すべて話すつもりだ」

浦田は晴々とした表情で言った。

「打ち明けなくてもよござんすよ。そんなこたァ、野暮というもの」

虚ろな眼をした友吉はそう言うと、店座敷にころりと横になった。

「友さん、そんな所で寝たら、風邪を引きますよ」

長五郎はそう言ったが、すでに友吉は寝息を立てていた。

「放っておけ。酔いが醒めれば起きる」

浦田は埒もないというふうに言った。長五郎は店座敷に置いていた綿入れ半纏を友吉に掛けてやった。

「しかし、惚れたはれたとやっていても、時間が経てば、自然に熱は冷めるもんなんですね。いったい、惚れるってのは、何んなんでしょうかねえ」

長五郎はしんみりした声で言う。

「かまくらの主が起きていたら、さぞ、からかわれたことだろう」

「さいですね。友さんはあれで結構、大人ですよ。商売柄、芸者衆とも顔を合わせることが多いのに、今まで浮いた話は聞いたことがありやせんから」

「うまく立ち回っておるのだろう」

「……………」

「お前はどうだ。いつまでも独り者でいる訳にもいかぬだろう」

「それはそうなんですが、これぱかりは縁のものですから、なるようにしかなりませんよ」

「なるようにしかならぬか……世の中だな」

そう呟いた浦田は、ふと時刻を思い出したようで、そろそろ引けると言った。

「お国許へ戻る時は、ここで送別の宴を致しやしょう」

長五郎は浦田の気持ちを引き立てるように言った。

「拙者は泣き上戸ゆえ、それは勘弁して貰いたい」

「よろしいじゃござんせんか。いやなことは涙とともに流したらいいんですよ」

「居酒見世の親仁（おやじ）のくせに青臭いことをほざく」

浦田はからかうように言って、腰を上げた。外はうっすらと雪が積もっていた。いつもは闇に溶けている通りが白々と光っていた。

「大晦日は見世を開けるのか」

浦田は振り返って訊く。

「開けますよう。正月は三が日まで休みますが」

「そうか。大晦日はお屋敷の仕事納めがあるが、夜は暇だ。お前と除夜の鐘を一緒に聞きたいと思うが、どうだ」

「やあ、それは楽しみが増えました。是非、お出掛け下さい。お待ちしておりやす」

長五郎は笑顔で応えた。浦田は鼻唄をうたいながら彌勒寺橋(みろくじばし)に向かって去って行った。

三

浦田の後には北森下町(きたもりしたちょう)で客を降ろした駕籠舁(かごか)きが二人、夜食を摂(と)りに訪れた。師走は駕籠屋も書き入れ時だが、今年はどうも不景気で実入りが少ないとこぼしながら、丼めしと鰈(かれい)の煮付け、しじみ汁を搔き込んだ。若い駕籠舁きの健啖(けんたん)ぶりが気持ちよく、長五郎が漬物を山盛りにして出してやると、それもきれいに平らげた。友吉は駕籠舁きがめしを終えた頃にむっくりと起き上がった。客が駕籠舁きだとわかると、六間堀まで乗せて行けと言った。歩くのが面倒になったらしい。二人の駕籠舁きは、どうせ戻り道なので、ようがすと快く引き受けてくれた。長五郎も、それにはほっとした。この寒空に友吉が外で引っ繰り返っては眼も当てられない。

駕籠舁きと友吉が帰ると、鳳来堂の客足がぴたりと止まった。以前ならそんな時、夜鷹のおしのがそっと現れていたのだが、もう、そのようなことはないのだ。おしのは自害なのか事故なのか定かにはわからなかったが、六間堀で溺れ死んでしまった。あまりに急なことだったので、長五郎は今でもその死が受け留められずにいる。おしのには間夫がいたはずだが、亡骸が自身番に運ばれた後も引き取りに来なかったらしい。おしのの亡骸は投げ込み寺に葬られた。長五郎は心ばかりの線香代を自身番に詰めていた岡っ引きに渡した。

四十絡みの岡っ引きは長五郎がそこまでする義理はないだろうという表情をしていたが、「あい、懇ろに弔っておきますぜ」と応えてくれた。当たり前のことだが、ひと月が過ぎ、ふた月が過ぎても、おしのは鳳来堂にやって来ない。こんな寒い冬の夜には、今しも油障子をそっと開けておしのが入って来そうな気がしてならない。自分の心の内を素直に明かすことができたのは、おしのだけだったと長五郎は今になって思う。

長五郎は本所のやっちゃ場（青物市場）の連中が朝めしを摂りにやって来るまで煙管を吹かしながらおしののことを考えていた。

やっちゃ場の連中が引き上げると、ようやく鳳来堂も店仕舞いの時刻を迎えた。後片づけをして、表の暖簾を引き下げようとした時、菱屋の手代がひどく慌てた様子で現れ「大将、惣助はおりますか」と訊いた。

確か、利助という名の十六、七の手代である。蛙の鳴き声のような声を出す若者だ。

「惣助？　いいや。昨日の夕方に塩鮭を届けに来て、すぐに店に戻ったはずだが」

「戻っていないんですよ。若お内儀さんは、どうしたものかと大層心配しております」

「変だな。他に心当たりもねェし、もしかして深川のおっ母さんの所へでも行ったのかな」

長五郎は首を傾げた。確かに昨日の惣助は少し様子がおかしかったが、それにしても菱屋に戻っていないのは解せない。何かあったのだろうかと、俄に心配になって来た。

「惣助のお袋さんのいる見世はどこですか。これからそっちに廻ってみます」

利助は面倒臭そうに言う。

「いや、そいつはおいらが引き受ける。お前ェさんは店に戻っていいぜ。案外、その間に惣助が戻って来るかも知れないし」

「どうですかね」

利助は心許ない表情で言う。

「とにかく、おいらはこれから惣助のおっ母さんの所に行ってくるわ」

「そいじゃ、よろしくお願いします」

利助はぺこりと頭を下げて帰って行った。

(さて、どうするか)

利助が帰ると、長五郎は思案した。みさ吉に知らせるつもりだったが、惣助が昨日、鳳来堂に来たと言えば、どんな話をしたのかとか、どんな様子だったのかとか、根掘り葉掘り訊いてくるはずだ。様子がおかしかったと言えば、様子がおかしいのに、あんたはそのまま菱屋に戻したのかと長五郎を詰るだろう。それに対して、うまい言い訳ができそうになかった。

しかし、みさ吉には知らせなければならない。無断でいなくなるなど、お店奉公をしている人間には許されないことである。そのために首になる恐れもあった。

長五郎は見世の戸締りをすると、綿入れ半纏に八幡黒の首巻きをした恰好で小名木川に架かる高橋を渡った。高橋を渡り、仙台堀と油堀を越えれば、深川八幡に出る。門前仲町の「桝田屋」という芸妓屋が、みさ吉がいる所だった。

桝田屋は料理茶屋と言ってもおかしくない総二階建ての立派な見世だった。表から勝手口へ通じる路地を入ると、二階の窓框に座っていた女がこちらを見ているのに気づいた。洗い髪を背中に散らしている女だった。桝田屋に世話になっている芸者の一人だろうかと思った。だが、女は長五郎を見てくすりと笑った。

「大将、わっちの顔を忘れたのかえ」

聞き覚えのある声が聞こえた。女は和泉屋の駒奴だった。お座敷姿を見慣れていたので、すぐにはわからなかったのだ。

「あれ、姐さんもこっちにいらしたんですか」

「そういうこと。みさ吉姐さんに用事かえ」

駒奴は心得顔で訊く。

「ええ。おりやすかい」

「ああ。いるともさ。みさ吉姐さん、間夫が会いに来たよう」

駒奴が大きな声を張り上げたので、長五郎は身の置き所もない気持ちだった。

ほどなくみさ吉は窓から顔を出し、今、そっちへ行くよ、と応えた。

みさ吉は長五郎の母親の着物を着て勝手口から出て来た。黒地にえんじ色の縞が入った袷である。それに黄色の半幅帯を締めていた。

「何かあったかえ」

みさ吉は硬い表情で訊く。みさ吉逢いたさに長五郎が訪れたとは微塵も考えていない。もっともな話である。

「そのう、昨日の夕方に惣助が用事でやって来たんだが、その後で店に戻っていないそうです。心当たりは姐さんの所しかないもんで、ちょいと知らせに来たんですよ」

「どうしてそんなことに……」

みさ吉は顔を曇らせた。

「うちの見世に来た時、ちょいと様子が違っていたんですが」

「様子が違っていたって、どんなふうに？」

「それは、そのう……」

応えようとしたが、駒奴と他の芸者衆が興味津々という表情で二階から見ていた。みさ吉はそれに気づくと、駒奴に「ちょいと外に出て来るよ」と言った。

「ごゆっくり」

駒奴は含み笑いを堪(こら)えるような顔で応えた。

みさ吉は通りに出ると「甘酒」と幟(のぼり)を出している腰掛け茶屋に長五郎を促した。甘酒をふたつ注文すると「それで、あの子はどんな様子だったのかえ」と早口で訊いた。

「そのう、話の先のほうは忘れやしたが、自分のてて親がおいらじゃなかろうかと考えるようになったと言ったんですよ」

「………」

「実のてて親のことはその内、おっ母さんが明かしてくれるだろうから、それまで待っててやんなと言いましたよ。でも惣助は、兄さんは違うのかと訊いたんです」

「それで？」

みさ吉は話の続きを急かした。

「違うと応えましたよ」

「そう……」

「おいら、何か悪いことを言ったんでしょうかねえ」

見世の小女が運んで来た甘酒はすり下ろした生姜(しょうが)が入っていて、大層うまく感じられた。だが、みさ吉は甘酒に手を出そうとしなかった。何やら思い詰めた表情でもあった。

「桝田屋に移る時、惣助には、当分、深川にいることになるからと伝えに行ったんですよ」

やがて、みさ吉は低い声で言った。

「さいですか」

「その時に、あたし、惣助から鳳来堂の兄さんは、自分とは何か関係があるのかと訊かれたんですよ。菱屋の若お内儀さんは惣助が長五郎さんのお父っつぁんに似ていると言っていたようなのよ。だから、あの子は長五郎さんの身内の誰かがてて親だと思ったみたい。それまでは長五郎さんがてて親だと思っていなかったのよ。長五郎さんの年を考えたら、自分は息子である訳がないってね。でも、あまりしつこく言うから、あたしもいらいらして、それほど実のてて親のことが知りたいのかと怒鳴ってしまったの。惣助、泣きながら知りたいって応えたの。それでねえ、観念して、本当のことを明かしたのよ」

「お前ェ、どうしてそれを早く言わねェ！」

長五郎は思わず声を荒らげた。それと知らず、長五郎は、自分は父親でないと言ってしまった。惣助はそれを聞いてどう思ったかと考えると胸が潰（つぶ）れそうな気持ちがした。

「ごめんなさい」

「謝ったって遅い。惣助が前途を悲観して早まったことをしたら、どうするつもりよ」

「ああ、どうしよう」

みさ吉は俄に不安を覚えて、眼に涙を潤ませた。

「どこか他に立ち寄りそうな所はねェか」

「さあ……」

「手前ェ、母親だろうが」

「それを言うなら、あんただって、てて親だ」

言われた途端、長五郎の手が伸びてみさ吉の頬を平手打ちした。見世の小女は恐ろしそうにこちらを見ていた。

みさ吉はぶたれた頬を手で押さえながら、しばらく黙っていたが、やがて「もしかして、長松の所かも知れない」と、応えた。

長松は和泉屋の増川という芸者の養子で、惣助と仲がよかった。今は幇間の師匠の所に弟子入りしていた。いずれ長松は幇間としてお座敷に出ることになるだろう。

「長松の師匠の家はどこよ」

「確か浅草の花川戸町にあると聞いたことがある。正福院というお寺の真向かいの家だそうよ」

「師匠の名前は？」

「桜川……玉助だったかしら」

「桜川玉助だな」

長五郎はすぐに腰を上げ、甘酒代を支払った。

「これから行くの？」

みさ吉は床几に座ったまま訊く。

「当たり前だ」

「長五郎さん、その先、どうするの？」

「どうするって」

みさ吉の言葉の意味がわからない。

「てて親だって言うの？」

「お前ェが明かしてしまったんだから、おいらだって認めるしかないだろう」

「そう……あたしはどうしたらいいのかしら」

「別にお前ェがどうするもこうするもねェだろうが。最初っからお前ェは惣助の母親だったんだし」

「それはそうだけど」

「和泉屋は大晦日までに見世を建て直すんだろ？　そしたらお前ェは、またみさ吉姐さんとしてお座敷に出る。そして、羽振りのいい旦那に巡り合って、小間物屋でも持たせて貰えば、先の人生は安泰だろうが」

「ひどいことを言うのね」

みさ吉は悔しそうに俯（うつむ）いた。

「別にひどいことを言ったつもりはねェよ。おいらは世間並の話をしただけだ」

「親子三人で暮らそうとは思わないのね」

みさ吉はそう言って袖で口許を覆った。

長五郎は驚きのあまり、すぐには言葉が出なかった。まさか、みさ吉がそんなことを考えていたとは夢にも思っていなかったのだ。

「本気じゃないんだろ？　今のは口から出まかせだよな」

長五郎は自信のない声で訊いた。

「弱虫、意気地なし、小心者！」

みさ吉は吐き捨てた。

「小汚い居酒見世のおかみさんになる気なんてねェくせに」

みさ吉の顔をまともに見られず、長五郎は下を向いて言う。

「その気がないのなら、あんたのおっ母さんの着物なんて着るものか」

みさ吉は怒ったような口調で応えた。

「おいら……何が何んだか訳がわからねェ」

長五郎は月代（さかやき）を指でがりがりと掻いた。

「早く惣助を捜して。それであたしは長五郎さんと一緒になるから安心してと惣助に言って……長五郎さん、言える？」

「そ、そうだよな。それがいっち丸く収まる方法だ」

長五郎は大きく肯いた。大晦日までに和泉屋から暇を貰って、きっと鳳来堂に来てくれ、とみさ吉に言った。

みさ吉は「ええ、きっと」と応えた。

「待っているから」

長五郎はみさ吉の眼をじっと見て、念を押すように言った。みさ吉と再会して、初めて素直に言えた言葉だった。みさ吉はふっと笑った。長五郎はそれを見てから腰掛け茶屋を出ると表通りを走り出した。

みさ吉と一緒に鳳来堂で暮らす、ただそれだけのことが滅法界、倖せに思えた。女房と息子を一度に手に入れた長五郎は、それ以上、ほしい物などなかった。浅草に向かう足取りは軽かったが、果たして惣助が長松の所にいるだろうかと考えると、次第に不安が募っていた。

四

花川戸町の桜川玉助の家は黒板塀を回した妾宅のような構えだった。黒板塀から松が枝を伸ばしているのも粋な感じがして、いかにも幇間で鳴らした男の住まいにふさわしいと長五郎は思った。

格子戸をからからと開け、置石の通りに進むと家紋を染め抜いた柿色の暖簾が下がり、端に桜川玉助と崩した字が読めた。

張り替えたばかりのような白い障子戸を開けて訪いを告げると、縞のお仕着せに黒い前垂れを締めた小僧が「へーい」と間延びした声を上げて出て来た。間がいいことに、その小僧は長松だった。

「あれ、鳳来堂の兄さん」

長松は少し驚いた声を上げた。以前より少し背丈が高くなったようだ。それに顔つきもしっかりして見える。幇間の弟子らしく、前髪頭はきれいに纏められてほつれ毛一本もない。身仕舞いもきっちりしていた。

「しばらくだったな。元気そうでよかったよ」

そう言うと、長松は、お蔭様で、と大人びた口調で応えた。

「実はお前ェに、ちょいと訊きてェことがあって来たんだが」

「何んですか？」

「そのう、惣助がどこにいるか知らねェか。昨日からお店に戻っていないんで捜しているのよ」

長五郎は早口で事情を説明した。

「そういうことなら勝手口に回って下さいよ。ここは師匠のお客様用ですから」

長松はにべもなく言う。少しむっとしたが、確かに自分は師匠に会いに来た訳でなく、長松に話をしに来たのだから当たり前の話である。

「気が利かねぇことで、勘弁してくんな」

「いえ、別に」

長松はそっけなく応えて、中へ引っ込んだ。

長五郎は庭を通って勝手口へ向かった。使われている女中らしいのが井戸の前で洗い物をしていた。三十絡みの大年増である。怪訝そうに長五郎を見る。

「お忙しいところ、あいすみません。ちょいと長松という小僧に用事があるもんで」

取り繕うように応えると、女中は肯き、また洗い物を続けた。

「兄さん……」

長松は台所の板の間に立って長五郎を呼んだ。

「おィ、すまねェ。それで惣助の心当たりはあるのかい」

長五郎は土間に入って訊いた。

「うちにおります」

長松は、あっさりと応えた。

「そ、そうけェ。それなら安心だ。ここへ呼んで来てくれねェか」

「今、買い物に行ってるんですよ。じきに戻ると思いますが」

「惣助は菱屋に帰りたくねェと言っていなかったのかい」

「ええ、まあ。でも、詳しいことは何も喋らないので、師匠がしばらくうちにいていいとおっしゃってくれたんですよ」

「いい師匠だな」

「いいえ、いい加減なんですよ」

長松の言葉に長五郎は思わず、ぷッと噴いた。

「兄さん、掛けて下さい。今、お茶を淹れますから」

「いいよ、そんなことは」

「お客さんに茶の一杯も出すのは当たり前ですから」

長松は涼しい顔で応え、急須に茶の葉を入れると、火鉢の上に載せていた鉄瓶を取り上げ、湯を注いだ。

「どうだ、修業は続けられそうかい」

長五郎は茶を淹れる長松を眺めながら訊いた。

「ええ。辛いこともありますけど、親の傍から離れて他人様の世話になるんですから、こんなもんでしょう」

「増川姐さんも安心しているだろう」

「駄目。お袋は子離れができなくて、何かと言えば、寂しい寂しいですよ。困った人です」

長松は困り顔して応える。

「お前ェのことが心底可愛いんだよ」

「わかっています。だから早く一人前になって、お袋に楽をさせてやりたいんですよ」

「偉いなあ、長松は」

「別に偉かありませんけどね。あい、お茶」

長松は湯呑を差し出す。湯加減がいいのか、長松の淹れた茶は、大層うまく感じられた。

「でも、どうして兄さんが惣助の心配をするんですか。見世はそれほど暇でもないでしょうに」

長松はお節介が過ぎるんじゃないかという表情で言った。

「惣助が奉公している菱屋はおいらの親戚の家なんだ。それで放っとく訳にもいかねェのよ」

「ああ、そうなんですか。でも、惣助、素直にお店に戻るかな。何んだか心持ちが普通じゃなかったし」

「皆、おいらが悪いのよ」

独り言のように言った長五郎を長松は不思議そうに見ていた。長五郎が茶を飲み終えた頃、外から下駄の音がして惣助が帰って来た様子があった。外にいた女中に買い物した品を渡している声も聞こえる。長五郎は腰を上げ、外に出ると、惣助、と呼び掛けた。その途端、惣助は慌てて逃げ出した。

「ま、待て！　逃げるな。おいらはお前ェに話があって来たんだから」

長五郎は慌てて後を追った。格子戸の手前で追いつき、惣助の後ろ襟（えり）を摑むと、惣助はそれを振りほどこうとしてもがいた。

「離せ、このう！」

「話を聞いてくれ、な？」

長五郎は手を離さず、宥（なだ）めるように言った。

「話なんてあるものか。さっさと帰れ！　おいらは菱屋を辞める。あんたの息の掛かった店なんざ、まっぴらだ」

「辞めてどうするのよ。長松と一緒に幇間になるのか。ま、それはそれでいいけどよ」

「おいらに構うな」

「そういう訳には行かねェのよ。おいらはお前ェのてて親だからよう」

そう言うと、惣助の動きが止まった。長五郎もようやく後ろ襟を摑んでいた手を離した。

「兄さん、本当なのかい」

心配してやって来た長松が甲高い声で訊いた。

「ああ、本当だ。惣助のお袋が惣助のてて親のことを内緒にしていたんで、おいらもずっと気がつかなかったんだ」

「だけど、兄さんはおいらに、てて親じゃないと、はっきり言った」

惣助は俯いて長五郎を詰(なじ)る。

「だってよう、おいらはてて親らしいことは何ひとつしていねェ。今さら親父面もできねェと思っていたからよ」

「兄さん、水臭いよ。どんな親父でも、いるほうがいいに決まっている。まして兄さんは真面目に商売をしているんだし、惣助に恥じることなんてひとつもありゃしない」

長松はなぜか涙を溜めた眼で言った。

「ありがとよ、長松。それでな、みさ吉姐さんは芸者を辞めて、おいらと一緒になると言ってくれたよ。惣助、菱屋の奉公がいやなら辞めてもいい。親子三人で鳳来堂をやろう」

長五郎はきっぱりと言った。惣助は何も応えず、腕を眼に押し当てて泣く。長松もそんな惣助に縋(すが)りついて一緒に泣いた。惣助はともかく、長松までおいおい泣く理由がわからない。長五郎は二人の姿から眼を逸(そ)らし、空を見上げた。師走の空から白いものがちらほらと落ちて来た。今夜も積もるかも知れないと長五郎は思った。

「惣助、いつまでもここにいても始まらねェぜ。鳳来堂に行くか、ん？」

長五郎は吐息をひとつついてから口を開いた。

「いいのか、兄さん」

惣助は顔を上げて訊く。

「いいに決まっているわな」

そう応えると、長松は惣助の背中を押した。その仕種に長五郎は、ぐっと来た。

「長松、いつまでも惣助のダチでいてくれよな。おいらからも頼むぜ」

「兄さん、んなこと、わざわざ頼むことでもありませんよ。おいらと惣助は初めて会った時から、本当のダチだったから」

「そうけェ、嬉しいよう。また、めしを喰いに来てくんな。せいぜいご馳走するからよ」

「お願いします」

長松は泣き笑いの顔で応えた。

浅草広小路に出て、竹町の渡しで本所に帰ろうとすると、惣助は突然、菱屋に戻ると言った。

「だって、菱屋は辞めると言ったじゃねェか」

「あの時はね。でも、兄さんが本当のことを明かしてくれたから、もういいんです」

「そうか。そいじゃ、お菊ちゃんにおいらも一緒に謝ってやるぜ」

「一人で大丈夫です」

「そうか……」

「若お内儀さんに本当のことを言っていいですか。兄さんがてて親だと」

「ああ、いいよ」

そう言うと、惣助はようやくにっこりと笑顔を見せた。

「藪入りには帰ります。それまで待ってて下さい」

「ああ」

「その頃には、おっ母さんも鳳来堂にいますよね」

「多分な」

「おっ母さんは移り気な女だから、やっぱり芸者を続けると言うかも知れませんよ」

その可能性がないとは言えない。だな、と低く相槌を打った。

「でも、おいらはどっちでもいいんです。兄さんが……もう、兄さんじゃないですね。親父と呼んでいいですか」

惣助は弾んだ声で言う。

「照れるな」

「すぐに慣れますって。そいじゃ、ここで。商売、がんばって下さい」

「おう」

惣助は右手を挙げて菱屋に向かって行った。

長五郎は気が抜けた。今まで思い悩んだことは何んだったのだろう。余計な廻り道をして刻(とき)を喰っただけのような気もする。しかし、自分が父親だと明かすことができてよかったと、しみじみ思う。

(親父、これでいいんだよな)

長五郎は厚い雲を仰いで、死んだ父親へ問い掛けた。さあてな、の声が聞こえたような気もしたが、多分、それは空耳だろう。

五

鳳来堂の土間口前の注連(しめ)飾りが、あるかなしかの風に揺れていた。大晦日である。前日に大掃除を済ませ、長五郎は正月の用意を調えた。店座敷の神棚もきれいに清め、ゆずり葉を飾った。板場の飯台の上には鏡餅が鎮座している。古びた居酒見世だが、それなりに手を掛ければ正月らしい風情も出る。

店座敷では浦田角右衛門がぽつんと座ってちろりの酒を飲んでいた。他に客はいない。

梅次は親戚の伯母さんの家で新年を迎えるという。他の客も家族と一緒に大晦日の夜を過ごすようだ。結局、鳳来堂にやって来たのは浦田だけだった。

みさ吉はまだ現れない。仕度に手間取っているのか、それとも和泉屋の主とお内儀に引き留められて、長五郎と一緒になることを渋り出したのだろうか。長五郎は落ち着かない気持ちでみさ吉を待っていた。

世間話の種も尽き、裏庭の納屋に炭を取りに行くと、まだ始末していない落ち葉が眼についた。暇潰しにたき火をするかという気になり、長五郎は竹箒で周りに散った落ち葉を掃き寄せた後、店座敷の大火鉢から火の点いた炭を火箸で挟んで落ち葉の中に入れた。

湿り気を帯びた落ち葉は煙ばかりを立てていたが、やがてぱちぱちと爆ぜる音がして小さな炎の色が見えて来た。

「何をしておる」

浦田は気になる様子で、裏庭に出て来た。

「落ち葉をそのままにしていたんですよ。それでたき火をしようかと思いましてね」

「大丈夫か。火消しに咎められるぞ」

「今夜は風もねェですし、大丈夫でしょう」

「念のため、水桶に水を汲め」

浦田は指図する。長五郎は苦笑いして、板場に水桶を取りに行った。それを持って戻ると、浦田はそこいらにあった木の枝で、盛んに火を突っついていた。浦田の顔は火に照らされ、赤っぽく見えた。

「腰掛けをお持ちしましょうか」

「なに、お誂え向きに平たい石があった。これでよい」

「さいですか」

長五郎も壁際に積んでいた薪を三本ほど取り出して地面に置き、それに腰を下ろした。

「火を眺めるのはいいものだのう。何やらほっとする」

「野郎が二人で大晦日にたき火を眺めるなんざ、色気のねェ話ですが」

「こんな大晦日があってもよいではないか。時にお前はやけにそわそわしておるが、何か気懸りでもあるのか」

「そう見えますかい」

「ああ。いつもと様子が違う」

「実は女房を待っているんですよ」

「え？」

浦田は驚いて長五郎をまじまじと見た。

「女房がいたのか」

「以前に惚れたおなごがいたと申し上げたことがありますが」

長五郎は浦田の視線を避け、落ち葉に眼を向けて言う。

「うむ、それは聞いた」

「そいつですよ。十年以上も離れていたんですが、その間に倅まで拵えていたんですよ」

「ほう！」

浦田は力んだ声になる。わしの知っているおなごか、と浦田は続けた。

「和泉屋で駒奴と一緒にお座敷に出ているみさ吉という芸者ですよ」

「聞いたことがあるような、ないような。もう一度会えば、はっきりわかるだろう」

「倅にもてて親だと明かしました。これから親子三人で生きて行くつもりなんですが、肝腎のみさ吉が、果たしてここへ来るかどうかわかりやせん。もう四つを過ぎましたよね」

長五郎は不安な気持ちを浦田に言った。

「きっと来る。拙者も一緒に待ってやろう」

「ありがとうございます」

「お前には色々と世話になった。お前がいなかったら、拙者はどうなったかわからん」

「浦田様。手前は何もしておりやせん。買い被りですよ。何事も決めたのは浦田様です」

「いや、お前は拙者を思うて小言を言った。それは忘れておらぬ。人の話に聞く耳を持てば、そうそう道を踏み外さぬものだと、拙者は学んだ」

「畏れ入りやす」

「国許へ帰ったら、妻に鳳来堂の話をしてやるつもりだ。そこに一風変わった主がいたことを」

「一風変わったは余計ですよ」

「そうか？　武士に向かって言い難い口を利く男は一風変わっておらぬか」

浦田は冗談に紛らわせた。長五郎は何んと応えてよいかわからず、頭の後ろに手をやった。

その時、油障子が開く音がして「長五郎さん、いる？」とみさ吉の声が聞こえた。

長五郎は慌てて立ち上がり、その拍子に躓いた。落ち着け、と浦田が笑いながら言って手を貸した。

「すんません」

長五郎は腕を摩りながら見世に入った。

みさ吉は眼の覚めるような江戸紫のお座敷着に黒の緞子の帯を締め、左褄を取って立っていた。唇の京紅が八間（大きな釣り行灯）に照らされて光っていた。

「来てくれたんだね」

長五郎はみさ吉の艶姿にうっとりしながら言った。

「いけなかった？」

みさ吉は悪戯っぽい表情で訊く。

「まさか。でもお座敷着のまま来るとは思わなかったよ」

「駒奴が、今夜で芸者は最後だから、長五郎さんにとくと見せておやりって」

「あの人らしい」

「裏に誰かいるの？」

「浦田様というお武家様がいらして、一緒にたき火をしながら、あんたを待っていたんだ」

「あら……」

虚を衝かれたようなみさ吉は、そのまま庭に出て、みさ吉でござんす、鳳来堂をご贔屓下さってありがとう存じます、と浦田に挨拶した。

長五郎は板場に入り、大鍋の蓋を取った。

今夜は年越し蕎麦を用意していた。かまくらの板前が毎年打つ蕎麦を分けて貰ったのだ。

鰹節の効いただしで汁を拵え、さらし葱を散らして食べるつもりだった。

「年越し蕎麦ができたよう」

やがて、長五郎は声を張り上げた。世間話をしていた浦田とみさ吉は長五郎の声で見世に戻って来た。

「ああ、寒い。やっぱり外は冷えること」

みさ吉は言いながら、店座敷に上がった。

三つの丼を運ぶと、三人はすぐに箸を取った。その時、遠くから除夜の鐘の音が聞こえた。するると、あっちからもそっちからも競うように鐘が鳴りだした。

人間には百八つの煩悩（ぼんのう）があるという。鐘を撞（つ）いてその煩悩を除き、人々は新年を迎えるのだ。だが、そんなに簡単に煩悩を除ける訳がないと長五郎は思う。

これからだって迷いながら前に進んで行くだろう。

「あら、たき火の始末、ちゃんとしたかしら」

みさ吉は突然、思い出して、庭に向かう。

ほどなく、水桶の水を振り撒（ま）く音が聞こえた。

「長五郎さん、火は消したよ。これで大丈夫」

水桶を提げたみさ吉はそう言って、もの慣れた様子で裏の油障子を閉めた。まるで十年も前から、そうして油障子を開け閉めしていたような感じが、長五郎はした。みさ吉は、もうすっかり、鳳来堂の住人だった。

鐘が鳴る。鐘が鳴る。煩悩を除く鐘が鳴る。だが、その年の除夜の鐘は長五郎にとって新たな門出の音に思えてならなかった。多分、それは浦田にとっても。

「ここ、ものすごく除夜の鐘がうるさい場所だったのね。知らなかった」

しかし、みさ吉はそう言って、ずずと音を立てて蕎麦の汁を啜（すす）った。

解説

末國善己(すえくによしみ)
(文芸評論家)

時代小説と料理の関係は深い。自身も美味しい食べ物を愛した池波正太郎の代表作『鬼平犯科帳』の長谷川平蔵、『剣客商売』の秋山小兵衛、『仕掛人・藤枝梅安』の藤枝梅安は、いずれも食通とされているし、宮部みゆき『初ものがたり』は、江戸っ子が好んで食べた初ものをからめた捕物帳となっていた。

また近年は、女料理人のつばきが、一膳飯屋を繁盛させていく山本一力『だいこん』、江戸で料理屋を始めた大坂出身の澪(みお)が、上方と江戸の味の違いに苦しみながらも、困難を乗り越えていく高田郁(かおる)『みをつくし料理帖』など、料理人を主人公にした作品が人気を集めている。

人情時代小説の名手として知られる宇江佐真理も、生活の基盤となる衣・食・住にこだわっていて、冷淡な隠密廻り同心の夫のことで悩んでいるのぶが、食道楽の舅(しゅうと)に助けられる二〇〇四年刊行の『卵のふわふわ』では、料理を正面から取り上げていた。そして、二〇〇五年刊行の『ひょうたん』も、料理が重要な役割を果たしているのだ。

全六話を収録した連作集『ひょうたん』の舞台は、博打（ばくち）で店をつぶしかけた過去がある音松と、そんな夫を支えたお鈴が営む本所五間堀の古道具屋「鳳来堂」。料理自慢のお鈴はいつも店の前で得意の煮物を作っていて、夜になると音松の友人が酒を持って集まり、お鈴の料理に舌鼓を打ちながら話に花を咲かせるのが、物語の基本となっていた。

本書『夜鳴きめし屋』は、『ひょうたん』の続編となるが、音松とお鈴は故人になっていて、主人公は一人息子で二十八歳になる長五郎である。前作で伯父の質屋で働いていた長五郎は、父が亡くなったことで「鳳来堂」に戻るが、質屋と古道具屋では勝手が違ったようで、経営に限界を感じてしまう。そこで、母の特技を活かして店を居酒見世に鞍替（くらが）え。それから十年、お鈴に料理を仕込まれた長五郎は、母の没後も一人で見世を切り盛りしているのである。このように、前作とは登場人物も、物語の背景も一新されているだけに、本書から読み始めても戸惑うことはないはずだ。

ただ、美味しそうな料理が読みどころの一つになっているのは、前作と共通している。本書で長五郎は、溜まり醤油を使った青菜のごま汚し（「五間堀の雨」）、鰯を使った蒲鉾（「鰯三昧」）などを客に出しているが、作り方がレシピとして使えるほど丁寧に紹介されているので、作中の料理を実際に再現してみるのも一興である。

行灯などに用いる油も蠟燭も高価で、夜になると不審者を警戒するため木戸が閉じられた江戸では、夜中まで開いている店は少なかった。そのため、夕方に店を開き、明け方まで客の相手をしている「鳳来堂」はかなり特殊である。この設定をみると、新宿の裏路地にあり、マスター一人で深夜〇時から朝七時まで営業している食堂、通称「めしや」を舞台にした安倍夜郎の人気マンガ『深夜食堂』を思い浮かべる人も多いように思える。ただ道具屋を閉じた夜に、料理を振る舞うというコンセプトは、既に『ひょうたん』で確立しており、これは二〇〇六年に読切として掲載され、二〇〇七年から連載がスタートした『深夜食堂』より少し早いのである。

時代小説は、江戸時代などの過去が舞台になっているが、あくまで現代を生きる読者にメッセージを伝えるために書かれている。おそらく著者は、二十四時間変わらず動き続けているといわれる現代でも、やはり昼間とは違う顔を見せる夜の世界を生きる人たちをクローズアップすることで、昼間は隠れてしまう人間ドラマを浮かび上がらせようとしたのではないか。これを、現代劇として描いたのが『深夜食堂』なので、かなり近い設定の物語が、ほぼ同じ時期に書かれたのは、偶然とはいえ興味深い。

さて、本書には全六話が収録されているが、基本的に一話完結の連作形式だった前作とは異なり、すべてのエピソードの決着が終盤まで分からない長編となっている。

まず長五郎は、ツケの支払いをしぶる武家に悩まされる。対馬府中（つしまふちゅう）藩士の相川兵九郎が帰国すると聞いた長五郎は、三年分のツケを請求するも逆ギレされてしまう。同僚の浦田角右衛門がツケの一部を支払ってくれ、残りも相川に払わせると確約してくれたので無事に解決と思いきや、しばらくして、今度は浦田が騒動を巻き起こすのである。

そして、本書の中心的な問題となっているのが、長五郎と芸者みさ吉の仲である。長五郎は、常連の芸者・駒奴から、みさ吉と暮らしていた紙問屋の隠居が死んだと聞かされる。みさ吉には息子の惣助がいるのだが、紙問屋の現当主は惣助は隠居の子ではないと引き取りを拒否し、隠居所からみさ吉を追い出したというのである。

十年前、長五郎はみさ吉を憎からず想っていて、隠居のもとへ行く直前、関係を持っていた。惣助はそれから一年後に生まれているので、長五郎の子供の可能性もあるのだ。惣助は本当に長五郎の子なのか？　芸者に戻ったみさ吉は苦労しているのに、なぜ長五郎に真実を話し、頼ろうとしないのか？　そして長五郎は、みさ吉と惣助にどのような態度を取るのか？　これらが物語を牽引する重要な要素になっていく。

だが、長五郎は自分の悩みと向き合う間もなく、料理茶屋「かまくら」を継いだ友人の友吉が、父親の頃より味が落ちたとの悪評に苦しんでいることを知り、少しでも友吉の助けになればと、店を建て直すアイディアを考えることになるのである。

一つのトラブルが解決したら次のトラブルが発生するのではなく、いくつもの騒動が同時多発で進行する本書は、Ｊ・Ｊ・マリック〈ギデオン警視〉シリーズやエド・マクベイン〈87分署〉シリーズといった警察小説ではお馴染みのモジュラー形式となっている。モジュラー形式は、実際の警察署では複数の事件を並行して捜査している現実を踏まえ、物語にリアリティを出すために考案されたスタイルである。

長五郎も、みさ吉と惣助のことを考えたいと思いながら、店を開けて常連と談笑し、「かまくら」の再建を目指す友吉を励まし、店の常連となった浦田が新たに直面した騒動のことで相談に乗るなど、日々の生活に追われてしまう。一つのことに集中したい時に限って、次々と処理しなければならない案件が持ち上がる展開は、誰もが経験していると思われるので、目まぐるしく変わる状況に翻弄される長五郎が、生々しく感じられるはずだ。

長編として構成された本書だが、深川への愛着が強い鳶職の丈助が、深川愛ゆえにトラブルを起こす第三話「深川贔屓」は、やや独立性の高い物語となっている。丈助を通して、深川と本所の境界線や、深川界隈の歴史が語られていくのも面白い。著者はデビュー以来、深川を描き続けているので、「深川贔屓」を読めば、著者の深川への愛が再確認できるとともに、深川を舞台にした〈髪結い伊三次捕物余話〉シリーズや、『深川恋物語』『深川にゃんにゃん横丁』などがより楽しめるように思える。

国許に武家の嫁としては完璧な妻がいるのに、吉原の遊女に惚れてしまう浦田の苦悩は、現代人にとっても身近だろう。しかし、別れた恋人が秘かに自分の子供を生んでいたかもしれない事実を突き付けられ、母子との関係に苦慮する長五郎、跡を継いだ家業の評判を落とし、なかなか巻き返しの手が打てない友吉の悩みは、江戸時代特有のものに思えるかもしれない。

だが、長五郎が置かれているのは、決着がついたはずの過去に、予想もつかない形で逆襲された状況なので、俗な例ではあるが、同窓会に出席したら、元の恋人との仲が再燃してしまい、現在のパートナーとの関係に悩むという問題とあまり差はない。友吉の苦悩も、家業を継ぐ難しさの部分を強調すれば現代人には縁遠いが、「かまくら」の板前は大お内儀の親戚筋で、主の友吉でさえ意見ができないという情実的な人事が発端の騒動は、宮仕えの経験があれば現代でも無縁ではない。

そのため、なかなか結論が出せない優柔不断さも含め、長五郎を始めとする等身大のキャラクターに、思わず我が身を重ねる読者も多いのではないだろうか。

もう一つ忘れてならないのは、本書に、人生のすべてを知り尽くし、長五郎たちに解決の手掛かりを与えるようなスーパーヒーローが存在していないことである。長五郎も、友吉も、浦田も、相談した時に「鳳来堂」の常連たちがかけてくれた助言はもちろん、トラブルの解決には無関係に思えた何気ない一言、時折かいま見えるある人物の生きざまそのものに触れることで、手探りしながら自分の進むべき道を模索している。だからこそ、女房に手をあげる悪い癖がある鳶職の宇助、「鳳来堂」の半分を借りている味噌屋の若旦那、幇間に弟子入りする惣助の友人の長松といった脇役も、全員が輝いているのだ。特に、売れっ子の辰巳芸者だったが悪い男に引っかかって夜鷹に転落、それでも件の男と暮らしているおしのの人生は、終盤のポイントになっている。おしのは、長五郎たちに与えたインパクトも大きく、その人生には思わず涙してしまうだろう。

長五郎は、惣助が、伯父が営み、自分が働いたこともある質屋で奉公をすることを知り、相談に乗るなどして少しずつ関係を深めていき、最終話「鐘が鳴る」では、ついに決断を下す。進むべき道を決めるのは浦田も同じだが、二人とも自分の出した結論が果たして正しかったのか自信がないので、決して底抜けに明るいハッピーエンドにはなっていない。ただ実際の人生には、ものすごい幸福も、逆にすさまじい不幸もないのが普通なので、本書の余韻に満ちたラストは驚くほどリアルといえる。

著者が、甘いだけの物語を作らなかったのは、人はどれほど悩んでいても、立ち止まるよりは、一歩でも足を出した方が幸福になれる可能性が高いという現実的なテーマを強調するためだったからではないか。少しビターなテイストがあるからこそ、慌ただしい毎日に追われ、進むべき道を見失っている現代人は、戸惑いながらも未来を切り開こうとしている長五郎たちから、勇気と希望をもらえるのである。

作家として、妻として、母として

山口恵以子（やまぐちえいこ）
（作家）

生前の宇江佐真理さんにお目にかかったことは、一度しかない。二〇一三年末に文藝春秋の主宰する菊池寛賞の後の忘年会で、場所は改築前のホテルオークラだった。

私はその年に第二十回松本清張賞を受賞したばかりの、本当に駆け出しのペーペーだった。本来なら知り合いもなく隅で小さくなっているはずが、当時社員食堂に勤務していたことから「食堂のおばちゃんが文学賞を受賞した！」とマスコミに騒がれ、テレビ、新聞、雑誌、ラジオと、あらゆるメディアに出まくったため、各社の編集者に声をかけられ、色々な方に紹介されて、あちこちテーブルを移動していた。

そして移動した先のテーブルに、宇江佐さんがいらした。大物編集者に囲まれて談笑している最中だったが、私は畏れ多くも「宇江佐真理さんですよね。私、大ファンです！」と声をかけてしまった。すると宇江佐さんはにっこり笑って

「私、あなたのこと知ってるわ。食堂で働いてるのよね。講演でもあなたのこと話したのよ」と仰ってくださった。それからテーブルと椅子のあるスペースに移動して、ずっとおしゃべりが続いた。

宇江佐さんの前の担当と私の現在の担当が同じ編集者だったこともあり、その人の携帯に電話して「山口さんのことよろしくね。私の妹みたいな子だから」とまで言ってくださった。

パーティーが終わると、宇江佐さんと親友の諸田玲子さん、朱川湊人さんのお三方は、編集者が予約した六本木のお店で二次会をすることになっていたが、宇江佐さんは何と私まで誘ってくださって、ご相伴に与ることとなった。

その夜の宇江佐さんは、本当に明るくて楽しくてチャーミングで、人としての美質と作家としての美質が、満開の大輪の花のようだった。後で知ったことだが、その頃宇江佐さんは抗癌剤治療を受けておられたという。しかし、病気の翳などみじんも感じさせず、私には一生ものの、夢のような想い出を残してくださった。

初対面の宇江佐さんとあんなにもおしゃべりが弾んだのは、まずは宇江佐さんの気さくなお人柄と、「私と同じ匂いがするわ」と仰ってくださったことから、お互いに気が合ったのだと思う。諸田玲子さんは「あなた方、前から知り合いだったの?」と訝ったほどだ。

もう一つは、宇江佐さんが四十代半ばで作家デビューした時「主婦作家」と呼ばれたのを、快く思っておられなかったからだろう。サラリーマン作家とか公務員作家とは呼ばれないのに、どうして主婦だけ特別扱いされるのか、理不尽に思われた経験から、「食堂のおばちゃん作家」の私に、同情してくださったのかもしれない。

私自身は覚えやすいキャッチフレーズをつけてもらって、ラッキーと思っていたのだが。

私が宇江佐真理ファンになったきっかけは、亡き母だった。当時私は三十代後半で、松竹シナリオ研究所を修了して脚本家を目指していたが、いっこうに芽が出ず、来る仕事は「プロット」という、ドラマや映画のストーリーを作る作業ばかりだった。プロットは脚本の土台になる重要な仕事だが、もらえる金額は脚本の十分の一以下、まさに「デスクワークの蟹工船」だ。それではとても食べていけないので、派遣店員としてあちこちの宝石店を転々としていた。

そんな私に母が「ねえ、時代小説を書いてみない?　最近はすごく良い女性の書き手が現れたのよ。エコちゃんもこういう小説書けば、デビューできるんじゃないかしら」と言って勧めたのが、宇江佐真理のデビュー作『幻の声　髪結い伊三次捕物余話』だった。

その頃の私は小説と言えばミステリー一辺倒で、時代小説にはまったく食指が動かなかった。しかしそれから十年ほどすると、時代小説の面白さに引き込まれ、どっぷりはまってしまった。はまった作家の一人が宇江佐真理で、母の本棚には宇江佐作品が全作揃っていた。私が夢中で読み漁ったことは言うまでもない。

その宇江佐作品が全作揃っていた。私が夢中で読み漁ったことは言うまでもない。

その宇江佐さんにばったりお目にかかり、二人だけでおしゃべりして、二次会にまで連れて行っていただいた。あの夜の想い出は、できることならお棺に入れてあの世まで持っていきたい。

宇江佐真理さんが子煩悩なのは作品からも感じていたが、実際に息子さんのお話をなさる様子にも、息子想いの片鱗が窺えた。

その後、ある雑誌に掲載された佐々木譲さんとの対談を読んで、宇江佐さんの母性愛の強さに驚嘆した。

息子さんが高校三年生の時、希望する大学には推薦枠しかなく、学資を含めかなりの金額が必要だった。息子さんは「おかあ、何とかしてくれ」と泣きついた。宇江佐さんはまだ単行本を二冊しか刊行していなかったにもかかわらず「願書を出しなさい」と即答した。心の中では、書いて書いて書き抜いて、絶対に息子を無事に卒業させてやる、と覚悟を決めていたそうだ。

「あの時の自分を思い出すと、今でも涙が出てくるの。本当に良く決心したと思って」

宇江佐さんはそう言って目頭を押さえた……と書いてあった。

そう、宇江佐さんは本当に息子さん想いだった。言うだけなら誰でもできるが、息子さんの学資のために作品を書き、ヒットさせ続けたのである。まさに母は強し。もし、息子さんの学資というモチベーションがなかったら、宇江佐さんの作品の数はもっと少なかったかもしれない。そう思うと、息子さんは親孝行したのだろうか。

もう一つ、宇江佐さんはご主人想いでもあった。ご主人について書いた文章はほとんどないが、これほどまでに息子さんに大きな愛情を注いだ女性が、長年連れ添ったパートナーに冷たいことはあり得ない。執筆で忙しくても家事に手を抜かない。書斎はもたず、台所の隅で煮ものをしながらワープロを叩いていた。そんなエピソードだけでも、家族を大切にした宇江佐さんのお人柄が偲ばれる。

宇江佐真理という女性は、作家としても、妻としても、母としても、全力を尽くして生き切った方だと思う。まことに見事なご生涯で、ご本人も思い残すことはないのではあるまいか。

宇江佐さんを思い出すよすがは、数々の作品と、あの素晴らしいひと夜に尽きる。文字通り一期一会だったからこそ、余分なものの一切ない宇江佐真理の神髄に触れて、私は本当に果報者だ。

本作『夜鳴きめし屋』は、宇江佐真理が作家デビューして十七年目の作品になる。作者の手腕は円熟の極致に達して、江戸の人情も風俗もすでに手のうちにあり、主人公はじめ各登場人物が、物語の中で自在に躍っている。特にセリフが素晴らしい。宇江佐作品はすべてそうだが、セリフを読むだけで江戸時代にタイムスリップできる。

本作は『ひょうたん』の続編にあたるが、主人公は重複していないので、独立した作品として楽しめる。

本所五間堀の居酒見世「鳳来堂」は、夕方から朝方まで店を開けていることから、夜鳴きそば屋ならぬ「夜鳴きめし屋」とあだ名される店。主人の長五郎は父の死後、残された古道具屋「鳳来堂」を受け継ぐが上手く行かず、居酒見世に商売変えした。店がやっと軌道に乗った頃母も亡くなり、以来一人で店を営んでいる。

職人、大店の主人、武士、芸者、夜鷹……と、店には様々な客が訪れる。その人たちの抱えるしがらみ、悩み、鬱屈、気概、幸せがせめぎ合い、小さな波紋を生んで、物語が進んでいく。

読み進めば長五郎の幸せを願わずにはいられない。そして、作者はそんな読者の願いを裏切らない。

だから安心してください、あなたはきっと満足できます。

そして本作がお気に召したら、是非他の宇江佐作品も読んでみてください。

何をお読みになっても大丈夫です。宇江佐真理の作品に外れはありませんから。

二〇一二年三月　光文社刊

光文社文庫

夜鳴きめし屋　新装版

著　者　宇江佐真理

2024年1月20日　初版1刷発行
2024年8月25日　2刷発行

発行者　三宅貴久
印　刷　新藤慶昌堂
製　本　ナショナル製本

発行所　株式会社　光文社
〒112-8011　東京都文京区音羽1-16-6
電話（03）5395-8147　編集部
8116　書籍販売部
8125　制作部

落丁本・乱丁本は制作部にご連絡くだされば、お取替えいたします。
ISBN978-4-334-10192-3　Printed in Japan

組版　萩原印刷

光文社時代小説文庫　好評既刊